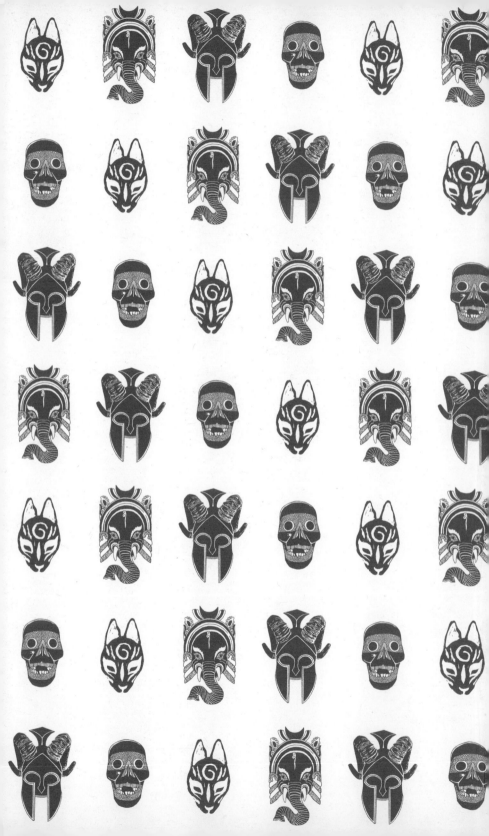

DEIDADES MENORES

GRANTRAVESÍA

F.G. HAGHENBECK

DEIDADES MENORES

GRANTRAVESÍA

DEIDADES MENORES

© 2018, F.G. Haghenbeck
Esta edición c/o SalmaiaLit Agencia Literaria

Ilustraciones de interiores: Patricio Betteo
Diseño de portada: Jorge Garnica / Poetry of Magic

D.R. © 2019, Editorial Océano de México, S.A. de C.V.
Homero 1500 - 402, Col. Polanco
Miguel Hidalgo, 11560, Ciudad de México
www.oceano.mx
www.grantravesia.com

Primera edición: 2019

ISBN: 978-607-527-591-8

IMPRESO EN MÉXICO / PRINTED IN MEXICO

*Para Malú y Enrique, quienes salieron
a tiempo de Villa Sola.
Y para Jimena y Vale, porque no la
conocieron en todo su esplendor.*

Parte I

Regreso a Villa Sola

1

Los sueños son mitos privados
y los mitos son sueños compartidos.
Joseph Campbell

Era un pueblo como cualquier otro. No importa el nombre o la ubicación. Hay miles de poblados así en el mundo. Seguramente algún día se toparán con alguno en lo más remoto de un territorio. Y ese lugar será un letrero al lado de una carretera, una parada necesaria para cargar gasolina en el camino o un punto abandonado en el mapa. Pero para muchos, como lo fue para mí, ese pedazo de tierra perdido en la nada era mi hogar. Hogar no tiene que ser bello o interesante. Sólo es hogar. Y con el tiempo aprendes que es el mejor lugar.

Eso era lo que pensaba cuando niño.

Mi universo estaba compactado entre las limitaciones de mi pueblo, donde vivía mi familia y se encontraba la escuela a la que asistía. Era mi cosmos palpable y constante. El resto de mi vida, los sueños, no se encontraban ahí, en ese rincón extraviado. Al contrario, radicaban en cualquier otra parte. Podrían estar en el Viejo Oeste, en un barco pirata o una nave espacial. Pero si de algo estaba seguro, es que esos sueños se ubicaban fuera de Villa Sola.

Desde luego que mi pueblo no se llamaba "Villa Sola". Ese fue el apodo que le puse de manera sarcástica. Creo que hoy, mirándolo desde la lejanía de la playa en el basto océano de la memoria, nunca le dije a nadie que así le decía. No recuerdo cuándo comencé a llamarlo así, pero el apodo se quedó en mi subconsciente. No era difícil entender el sobrenombre, si algo tenía esa localidad en abundancia era soledad. Pero cuando pasaron los extraños sucesos de aquel verano caluroso hace veinte años, una sensación de abandono se expandió en la comarca como un virus en estornudo. Después, pareció como si la soledad consumiera los corazones de los que ahí habitaban.

Mi pueblo comenzaba en un punto emblemático: la estación de gasolina atendida por el tuerto Alvarado. A su lado, el letrero con el nombre del lugar. En la señal también incluyeron el registro de la población, que en ese entonces rondaba por un puñado de miles. La cifra tampoco es importante, pues nunca vi que cambiara. Como si el personal del censo dictaminara que esa localidad tendría siempre los mismos pobladores. Así lo creía, pues no había conocido a nadie que se fuera del lugar. Si alguna familia o persona osaba irse a la comarca para buscar nuevos aires, era de entenderse que al cabo de los años regresarían. Todos retornaban a ese pedazo de soledad. Todos, menos yo.

Y así había sido hasta ahora. Pero tengo que regresar, pues sucedió un evento que abrió la puerta de mi memoria y dejó entrar un alud de remembranzas en mi vida. Una llamada telefónica de mi hermana, Mago. Algo urgente.

—Papá está muy enfermo.

Entonces supe que las reminiscencias del viejo hogar me habían alcanzado, que las muertes y la neblina de miseria que llegó con ese bochornoso verano a mi pueblo volvía a aparecer en mi vida: tendría que regresar a Villa Sola.

2

Recuerdo cuando todo comenzó. Fue el día en que los gemelos Leonel me aporrearon la cara, dejándome el labio del tamaño de una pequeña luna de Saturno. El puño de Ulises, el gemelo mayor, moldeó mi rostro una y otra vez como si estuviera amasando la preparación para pan. No hubo más estragos. Sólo la boca hinchada, una camisa rasgada y mi autoestima derrumbada por el suelo. Cosas que se podían curar con el tiempo y una bolsa de hielo.

Después de haber tragado el polvo los vi por primera vez. Eran los visitantes. Llegaron al pueblo en caravana, uno tras otro, asemejando un desfile onomástico de algún evento histórico. En un principio pensé que eran sólo viejos turistas, pero cuando descubrí que ésa era la careta que deseaban que el mundo viera para encubrir su verdadera esencia, fue que me pregunté: ¿por qué eligieron Villa Sola?, ¿qué los motivó a llegar al poblado más perdido del fin del mundo? Nunca pude responder esa pregunta. Quedó como el más grande misterio de todos los sucesos que se desataron cuando los extranjeros llegaron al territorio.

Yo creo que la niñez es un chiste cruel de la memoria. Estos recuerdos de mi infancia surgieron a partir de la llamada de mi hermana para espantarme cual fantasma que insiste en evocar los hechos que lo convirtieron en un alma en pena.

El niño que era yo, el que vivía en Villa Sola, tenía un nombre como cualquier otro chico. Ese mote servía para que mi madre pudiera llamarme a cenar al ponerse el sol, o bien, para ser emplazado por el profesor cuando deseaba obtener mi atención. Menos a menudo, lo gritaban los compañeros de juego para que lanzara la pelota y pudieran anotar en el juego. Pero no era muy asiduo a esos juegos que se desarrollaban en el lote contiguo a la escuela. Yo era otro tipo de niño. No de los que adoran a deportistas y se pasan al lado de su padre viendo las transmisiones de partidos los domingos. Yo era de los raros. Raymundo, el Marciano.

Raymundo Rey, ése es mi nombre. Entonces yo tenía la edad de cuando los sueños y un perro son tus mejores amigos. Eran mis únicos compañeros, y eran mágicos pues podían llevarme a lugares que nunca había imaginado. Desde una galaxia muy, muy lejana, hasta la vieja estación de tren que quedó en desuso después de que hicieron la carretera que llevaba a la capital del estado. Mi perro era igual de común que el resto de los canes: dos orejas, dos ojos y una cola que se agitaba cada vez que decías su nombre: Elvis.

Elvis era un nombre tan bueno para un perro como Sultán, Fido o Duque. Desde luego yo no se lo puse. Fue mi padre, él era el verdadero amante de la música del Rey del rock. Papá siempre fue especial. Él era el verdadero rey. Al menos, en casa. Nuestro centro del universo. Era un hombre grande, de esos que la vida exagera en las proporciones. Con brazos del grueso de palas mecánicas, torso de tractor y quijada de chasis de automóvil al que adornó con un grueso bigote a manera de parachoques. Exudaba masculinidad en su voz, apariencia y trabajo. Aunque se trataba de un hombre rudo, era tan apacible como un oso de felpa. Lo que delataba que poseía un alma pura eran sus ojos: caídos y tristes, como esperando el Apocalipsis con tranquilidad.

Mamá era mamá. ¿Cómo puedes definir a una mamá? No lo sé. Sé que es la mujer que me besaba por las mañanas y al acostarme. Me arropaba en la cama y era quien me repetía que me amaba en los tiempos más difíciles, tratando de borrar las lágrimas o la cara de puchero. De vez en cuando me paraba sigiloso en el umbral de su habitación, entonces podía ver a la mujer que era en verdad, oculta en la oscuridad, llorando al borde de su cama. Quizá por lo que el resto de la familia callábamos. Tal vez sólo por ser mamá.

Ella sabía preparar limonada rosa con limones amarillos y frambuesas. Sigo pensando que es el mejor elixir del mundo. Cuando leí sobre el famoso maná que cayó del cielo a los judíos por gracia de Dios en tiempos de Moisés, estaba seguro de que esa limonada era el acompañamiento del manjar. También cocinaba un magnífico pastel de chocolate, al que cubría con betún blanco y le colocaba en el interior chocolate de avellana —su toque especial—, ligeramente alcoholizado con ron, dotando al postre con el dulzor del pecado. Su cumbre gastronómica eran los bocadillos que hacía con pan de centeno y queso, sencillos. Nunca logré emular ese sabor. De lo demás, mejor ni hablamos. Era la peor cocinera del mundo. Si ponía a hervir agua, seguro la quemaba. Pero papá siempre le aduló su sazón.

Margarita es mi hermana mayor. Convivir con ella era una pesadilla. Uno olvida que los hermanos no son sólo compañeros de infancia, sino que te siguen toda la vida como demonios o ángeles. Algunas veces, agradeces eso: que la sangre te espose a ellos como un grillete, pero otras, culpas al destino por ligarte a tan desagradables seres. Y algunas veces, como sucedió con Margarita, suceden las dos cosas. Hoy es una buena amiga. La quiero y puedo platicarle cosas que a nadie más le contaría. Siempre hay una llamada por teléfono los domingos, cumpleaños y cuando lloramos porque alguien nos desbarató el corazón. Pero en ese entonces era diferente: nos aborrecíamos mutuamente.

Mago, como le decía mi papá, era la más popular de la escuela, de la cafetería y creo que de todo el pueblo. Era el conjunto de su belleza lo que la hacía el foco de atención de las miradas de los chicos —y de los adultos— que giraban la cabeza al verla pasar por la calle vestida con sus faldas cortas de deportes. Tenía un cuerpo frágil pero atlético. De esos que llevan puesto día y noche las gimnastas de las olimpiadas. Una sonrisa de anuncio dental adornaba siempre su rostro, enmarcado entre su cabello rubio y largo. Era tan brillante y dorado, que podía confundirse con oro macizo. Hacía daño sólo de verlo a la luz del sol. Podría uno asegurar que brillaba por derecho propio.

Mi hermana en ese entonces salía con el campeón deportivo de la escuela, Aquiles Borda. Sé que es un cliché horrible ser un exitoso joven de pueblo, ganador de trofeos de los paraestatales y llamarte Aquiles. Tan malo es que si escribiera un libro, tendría que cambiárselo ya que la gente se reiría del absurdo. Pero es verdad. Los nombres te marcan. Aquiles Borda se llamaba el chico y junto con Margarita eran la encarnación de los muñecos Barbie y Ken. Podríamos haberlos empacado y vendido como el juguete de moda. Incluso, vendrían con automóvil incluido, ropa *trendy* y trofeos de atletismo.

Aquiles era sobrino del licenciado Sierra, nuestro gobernante. Su padre era un exitoso contratista de construcción, y le había regalado un deportivo que el mismo chico arregló con sus amigos: un Dodge 1965 pintado en color canario al que le colocó dos líneas negras que cruzaban el frente. Él decía que lo pintó en colores de Bruce Lee, como el uniforme que el famoso marcialista llevó en una película antes de morir. Increíblemente, el Dodge realmente tenía un gran parecido con el actor: deportivo, rápido y elegante. De los tres, Mago, Aquiles y el Dodge, el automóvil era lo único que me agradaba. Era una verdadera obra de arte mecánica. Un *Millennium Falcon* —la afamada nave de Han Solo en la sagrada trilogía de Star Wars— pero en versión para simples mortales. La carroza que usaría un dios si decidía bajar al mundo. No era difícil encontrarse con el murmullo de ese poderoso motor por las calles del pueblo. Si uno vislumbraba el rayo amarillo, sabía qué se encontraría en el interior a Aquiles bebiendo cerveza, junto a mi hermana Mago en el asiento del copiloto.

Y bueno, estaba yo.

No era como papá ni como mamá. Mucho menos como Margarita. Como en esa vieja caricatura que repetían en la televisión, donde la cigüeña se equivoca al entregar un bebé y deposita un elefante a una familia de chimpancés. Supongo que todos encontraban gracioso ver al pobre elefante tratando de actuar como un mono, pero realmente era doloroso sentirse fuera de lugar.

Era Raymundo, el Marciano, el raro. Desde pequeño me gustaban las historietas. Eran mi pasión y delirio. Mi habitación estaba decorada con sábanas de Superman y juguetes de Batman, a los que veneraba como cualquier santo patrono. Dibujaba todo el tiempo, como una manera de huir de mi realidad. Personajes de todo tipo, pero sobre todo, de los que volaban. Creo que era el reflejo de mi deseo por atarme una capa mágica al cuello y huir de mi situación. No puedo decir que yo fuera una versión de Oliver Twist y que sufría desgracias que sólo en la Inglaterra victoriana podían pasarle a un chico por pedir un poco más de comer. Estaba muy lejos de ser un ejemplo de drama de la vida real, y aún más de ser maltratado. Pero me sentía solo e incomprendido.

Como mamá vio que tenía talento para el lápiz, me pagó unas clases de dibujo con una amiga suya que se autonombraba pintora y poeta: la señora Claudia. Ella fue la única mujer de la que me enamoré en mi pueblo. Una divorciada con la que yo soñaba por las noches. Las chicas de mi edad estaban tan absortas en parecerse a mi hermana, que mi estómago se descomponía solo al verlas.

Vivíamos de una ferretería que tenía papá en el centro del pueblo. Vendía todo lo necesario para construir, demoler, arreglar o cultivar. Máquinas potentes y ruidosas que son los nuevos trofeos del hombre. Antes usaban lanzas o cuchillos, pero hoy son sierras, taladros o pulidores. Papá estaba orgulloso de ser el presbítero de esta nueva religión de machos con potencia de rotomartillo. Su tienda era una especie de confesionario para hombres, pues todos los habitantes con el cromosoma Y de la comarca iban a charlar a ese local. Los viejos, a remembrar sus éxitos de edades más tiernas, mientras que los jóvenes se acercaban a quejarse de la escasez de dinero y de sus esposas.

En casa, durante la cena, papá nos platicaba las fábulas que sus clientes contaban frente al aparador. Todo tipo de narraciones desfilaban por nuestra mesa. Desde las razones por las que en el pueblo se celebraba el 21 de julio como el Día de la fundación; hasta cuando el anciano Hidalgo Bing peleó en la Segunda Guerra Mundial al lado del general Patton con la 25 de caballería en Normandía. Cosa que, por cierto, era falsa: Patton nunca tocó la costa de Normandía ni tuvo a su mando esa facción del ejército aliado. Y desde luego, Hidalgo Bing solo fue un simple trabajador de una fábrica de municiones. Pero no importaba, pues papá explicaba que una buena historia tenía derecho a una vida propia, sin necesidad de documentación.

El poblado de Villa Sola se distinguía por la cúpula del palacio de gobierno, que sobresalía sobre los tejados de las casas en la lejanía. Era un edificio gris. No sólo en color, sino también en espíritu. No importaba quien estuviera sentado en la silla del gobernante, todos eran iguales. Usualmente, pequeños hombres grises en costosos trajes grises, que se pasaban las tardes dando apasionados discursos al sol. Ese año, cuando sucedió todo, nuestro líder era el licenciado Sierra. Después de los eventos de ese verano, se fue a la ciudad para buscar un puesto más alto en la política del estado, pero perdió las elecciones contra un rico terrateniente del sur. Tal como todos, regresó al pueblo, deprimido. Fue cuando comenzó a beber whisky con refresco de dieta sabor manzana. Por lo general, sentado en su patio trasero mientras regaba el jardín. Comenzaba siempre cuando el reloj marcaba el mediodía y terminaba hasta quedarse dormido, ahogado de borracho. Cansado de ese estilo de vida y deprimido por el fracaso en su aventura política, una tarde tomó una escopeta que usaba para cazar patos en las vacaciones. La aceitó, la cargó con todos los cartuchos y mató a su esposa. Cuando el jefe de policía, el señor Argento, llegó a su casa lo encontró sentado en una silla plegable con esa desagradable mezcla que acostumbraba beber. Se había volado los sesos con el arma. La historia fue la comidilla del periódico local durante años. Como si ese extraño suceso marcara el fin de los eventos desafortunados del verano.

Al lado del palacio de gobierno estaba la iglesia del padre Marco. Una pequeña construcción que trataba de resaltar junto con su desproporcionada torre. Como esos pequeños hombres que usan zapatos elevadores para aparentar más altura. El sacerdote vivía en un costado y se la pasaba arreglando la construcción todo el tiempo, cual si fuera el alma de sus feligreses. Mi familia no podía decirse religiosa. Visitábamos el templo las fechas importantes y ocupábamos los domingos para haraganear en casa con ropa informal. Nivelando esa esquina donde estaba la iglesia, en el extremo contrario, se encontraba el local de Joaquín Valmonte, una cantina que se publicitaba como restaurante. Por más que trataba de ocultarlo, todos sabíamos que era el lugar donde los borrachos del pueblo iban a dilapidar su dinero en botellas, billar y dominó. Ya caída la noche, era el único lugar para levantar alguna de las tres mujeres que se vendían al mejor postor. Valmonte había migrado desde Portugal, con una calva de bola de boliche, dientes amarillos y ojos brillosos. Uno de ellos era de cristal; el más brillante. No era mal tipo. No bebía una gota de alcohol. En sus años de juventud había sido adicto a todo lo que se puede ser adicto. También se tatuó todo lo posible de tatuar en su cuerpo. Era como ese personaje de la novela de Ray Bradbury, con una historia para cada cromo en su piel. Para reformarse, se casó con una mujer oriental, que algunos decían provenía de Filipinas, otros aseguraban que de Tailandia. Ella a duras penas hablaba nuestro idioma, pero logró curarlo de sus pesares. Juntos, administraban esa taberna.

Al parecer, el negocio prosperaba. Hasta el mismo cura Marco se descolgaba los viernes por ahí para beber un par de tragos con los muchachos y jugar algunas partidas de dominó.

Del otro lado de ese bloque estaba otro templo, dedicado a la fuerza del hombre macho: la ferretería de papá. Ahí laboraba cada día del año, excepto domingos y días festivos, de diez de la mañana a siete de la tarde. No fallaba nunca en un solo minuto.

Aquel ardiente verano, mi padre se sintió desesperado al verme en casa todo el día mirando viejas caricaturas en la televisión y comiendo dulces de dudosa calidad nutricional. Un día me colocó una chamarra con el logotipo de su tienda, ordenándome que lo acompañara: trabajaría con él en la ferretería, cosa que me hizo muy feliz. Fue en una de esas tardes que le ayudaba limpiando los anaqueles o acomodando las cajas de clavos cuando sucedió el evento inicial: la primera muerte en el pueblo.

3

Hoy, volteo hacia la ventana que mira al exterior de mi departamento y no me encuentro con ningún pueblo. Vislumbro grandes edificios que se van perdiendo entre la polución de la ciudad. Los sonidos del tráfico citadino se cuelan entre los cristales con su sinfonía de bocinas de camiones y murmullo de gente. No hay pájaros ni existe el eterno zumbido del rozar de la milpa que llenaba el vacío de mi pueblo, Villa Sola. Es el paraíso. He vivido feliz en esta ciudad sin voltear atrás. Ya soy un hombre. Dejé atrás a ese chico soñador que se sentaba en el campo de maíz a devorar libros de los autores que veneraba. Escritores como Ray Bradbury, Emilio Salgari o Julio Verne; el grupo de nombres que conformaban mi panteón de dioses. Ellos eran mi escudo de protección. Una fuerza invisible formada alrededor de mí para sobrellevar la vida diaria. Supongo que me hubieran servido mejor si los hubiera usado literalmente, y no metafóricamente: soltarle un buen golpe con un volumen de pasta dura de *Los tres mosqueteros* a uno de los abusones de mi escuela me hubiera ayudado más que esconderme en la biblioteca con la vieja maestra Sagrario.

En fin, me di cuenta de que en los libros estaba mi salvación. Y pronto, me volví como ellos. No quiero decir que me transformé en algo cuadrado e inanimado, como los burócratas o algunos editores que he conocido. No, me refiero a que ahora soy un escritor. Quizá no uno en el concepto más extendido de su significado, pero similar: escribo historietas.

Comencé escribiendo en una agencia de publicidad. Nada que pudiera presumir hoy día. Fue para pagar mis estudios y ayudar a abonar la renta del departamento que compartía con un tío. También para financiar mis pequeñas debilidades: historietas, música y libros. Todo mi dinero extra se iba en esas cosas: soy un cuatro ojos, un *nerd*. Lo confirman mis juguetes de *La guerra de las galaxias* en mi departamento, la colección de películas con exceso de efectos especiales y las toneladas de libros de historietas. Ése es mi cubil, mi *baticueva* donde convivo con mis sueños y un gato. Tampoco es que yo sea un ermitaño de larga barba blanca que orina en botellas de leche como Howard Hughes. Eso se lo dejo a psicópatas ricachones que sólo tienen la motivación de volverse locos, comprar empresas y despedir empleados. Yo soy un sibarita social, no un asesino serial. Mi corazón no es de piedra ni mi alma de hielo. Inclusive, creo que el señor Spock de la serie Star Trek, es un esnob sobrevalorado. Entiéndase que soy una persona con sentimientos inmaduros, rayando en infantiles. Escribir y leer son mi mundo.

Leer, sobre todo. Si pudiera encontrar un trabajo en el que me enviaran un cheque por leer novelas e historietas, lo aceptaría de inmediato. Ni siquiera pediría vacaciones. Pero eso es una quimera.

Así que comencé a escribir, y tuve la fortuna de que alguien me pagara por ello. Hoy, me considero un escritor del grupo de gente como Will Eisner, Alan Moore o Hugo Pratt. Tal vez nombres que no son tan reconocidos como los *verdaderos* creadores de literatura, pero que han dado por años miles de horas de entretenimiento a millones de chicos que crecieron en pueblos como el mío. Llevo bastante tiempo en el negocio trabajando con distintas editoriales que confían en mis letras y con un puñado de artistas que convierten mis guiones en imágenes. Como Patricio, el dibujante con el que estoy trabajando mi nuevo título y a quien debo entregar un guion antes de emprender mi viaje.

También he escrito un par de novelas de ciencia ficción que se convirtieron en libros de culto en círculos selectos. Lo hice por presión de mi antigua novia, Carolina, quien me decía a diario que desperdiciaba mi talento creativo en historietas. En retrospectiva, tras seis sesiones con mi psiquiatra, creo que ella me motivó pues deseaba presumir a sus amigos que se estaba acostando con un escritor verdadero. Pero sigo siendo como el resto de los habitantes de esta ciudad: un rostro más. Un desconocido en el transporte público al que no se le regala ni una mirada. Ésa fue una de las razones por la que mi antigua novia me dejó, no era alguien que apareciera en las portadas de las revistas o ganara premios importantes.

—¿Has visto a Carolina? —pregunta mi editor mientras lucha por que los fideos Thai no salgan de su boca cuando habla. Uno de esos peligrosos ensucia-camisas logra su cometido y cae a la mesa. Él baja los ojos, examinando si todavía está limpio. Vuelve a metérselo a la boca. Podrá ser uno de los visionarios más importantes de la industria de la historieta, editor de verdaderos *best sellers* como un réquiem de superhéroes icónicos, pero debo admitir que su concepto de salubridad es precario.

—No… bueno, sí —respondo balbuceando. La plática ha tomado la directriz incorrecta. Navegaremos en lugares pantanosos como el sexo, la religión, la política y, desde luego, Carolina. Es una comida con mi editor. Negocios, él hubiera indicado, pero es una reunión de despedida. Salgo mañana a mi pueblo natal. Voy a ver a mi padre que parece estar por morir. Así lo dijo mi hermana: parece que morirá. Desconozco cómo una persona puede "parecer" moribunda—. Me la encontré en la fiesta de Gloria. Invitó a varias personas de las editoriales. Ya sabes, "los verdaderos autores y editores"... —levanté los dedos para dibujar las comillas. Ambos sabemos que me refiero a la gente que escribe y edita libros, volúmenes con letras, sin dibujos—. Había varios escritores. Entre ellos, estaba Carolina, fue con Omar Sidi.

—¿Está saliendo con Sidi? ¡Acaba de ganar el premio Cuervo a la novela del año!

—Entonces me alegro por ella. Siempre quiso estar al lado de un engreído con miles de micrófonos apuntándole. Yo no cubría ni la mitad de las aptitudes requeridas para ser su pareja, por eso me recicló... —gruño a mi editor. No apruebo la emoción que le da el nombre de la pareja de mi antigua novia. Él debe ser mi amigo. Apoyarme en los momentos trágicos y aplaudirme en el éxito, pero puede ser un dolor de cabeza cuando se lo propone.

Se me olvida que vivimos en la crueldad moderna de la ciudad, donde mis sentimientos pueden envolver un pescado fresco y luego irse a la basura.

—Sidi posee una prosa sublime. Sus historias son fascinantes. Deberías de leerlo —insiste en arrojar ácido en la herida. Debería dejarlo ahí, levantarme y salir. Pero es mi editor. Así que me aguanto las ganas de abandonarlo a la mitad de la comida.

—No lo voy a leer ahora. Esperaré a que escriba las crónicas sexuales de su nueva pareja, Carolina. Entonces compararé sus anécdotas con las mías —me hago el gracioso. El sarcasmo es un escudo valido para transitar en ese mundo donde tus sentimientos terminan empaquetando salmones podridos.

—Podría prestarte uno de sus libros… —insiste con fideos saliendo de su boca como nerviosos gusanos.

—¿De qué lado trabajas?

—Me conoces, siempre con el mejor postor —sonríe.

—Eres desagradable, pero al menos sincero —admito. No hay por qué mentir. El tipo sabe hacerse entender.

—¿Y bien? ¿Cómo está?

—Se veía bien. Se cortó el pelo. Lo lleva como Natalie Portman —explico comiendo mi arroz. Lo pedí con un *curry* verde picante que por la noche hará estragos en mi estómago.

—No entiendo… ¿Tipo en *El cisne negro*?, ¿o en *El perfecto asesino*?

—Más bien en *Closer: Llevados por el deseo* —explico. Con mi editor, todo es "como tal cosa o como tal otra cosa". Es el rey de las referencias.

—No la vi.

—¿Con Julia Roberts… Jude Law…? —trato de darle pistas, pues además, recuerda todas las referencias de películas.

—No, me acordaría… Bueno, se ve bien. Lo entiendo —al menos supo terminar la estúpida plática.

—Bajó de peso. Hablamos un poco. Me preguntó por Kurt —continúo mi narración. Lo hago moviendo mis ojos de un extremo al otro para indicar que no me siento cómodo hablando de ella.

—¿Kurt?

—El gato…

—No sabía que tenías gato.

—¡Claro que lo sabes! ¡Se llama Kurt Cobain! —exploté dejando los cubiertos a un lado de mi plato y cruzando mis brazos—. ¿Acaso no escuchas nada de lo que hablamos?

—Sólo cuando son cosas de la editorial... ¿Ya comenzaste el nuevo guion? —sabía que terminaría en algo así. Cuando siente que ya arruinó mi día, entonces toma la opción para noquearme: pregunta por el trabajo. Es el fin de cualquier discusión. El cabrón es inteligente.

—Se lo mandé a Patricio antes de venir contigo. Debemos tener páginas pronto... Puede tomarse su tiempo en hacerlas, pero serán bellas. Lo sabes.

—Lo sabemos... —balbucea, jugando con su plato. Creo que ya no está interesado en seguir masacrando sus inocentes fideos. Ahora ha puesto los ojos en mí. Inculpa como si fuera un sacerdote al que le aceptas por primera vez que te has masturbado—: ¿Podrás con todo, cretino?

Su palabra preferida. La usa sin razón. Una expresión que estoy seguro sólo se emplea en historietas, no en la vida real.

—Nunca te he fallado. Tendremos la revista a tiempo.

—Me refiero a todo... Tu padre, la pelea con Carolina, regresar a tu pueblo natal... Creo que has excedido tu límite de sucesos inesperados. No eres alguien polifacético en los asuntos sentimentales, cretino —explica con su voz condescendiente y pausada, como si yo fuera un drogadicto que presta atención sólo cinco segundos mientras deliro en sueños psicóticos de conejos rosas y campos de ciruelas amarillas. Al final, hace una mueca de asco. Cree que mi locura es contagiosa. Lo sé.

—Si me estás diciendo que todo esto me trastornará, no te preocupes. No tendrás que llevarme cigarros al hospital psiquiátrico. En primera, porque no fumo. En segunda, soy un adulto y puedo lidiar con eventos extremos —de nuevo una estocada de sarcasmo. Siempre la tengo montada en mi cabeza para ocuparla cuando siento que me van a herir. Supongo que era el tipo de cosas que Carolina odiaba de mí.

—Ray, amigo, eres un escritor... Los de tu clase son seres de cristal: transparentes y delicados. Las depresiones son visitantes asiduos, poseen tarjetas de descuento para ustedes. Al final, terminan con una bala en la cabeza como Hemingway, o con el hígado destrozado por el alcohol como Chandler. No puedes evitarlo, está en tu naturaleza.

No hay mucho más que decir. Ese discurso es lo más parecido al que daría Enrique V antes de la batalla, el de Lady Macbeth al arrojarse de la torre o el de Truman lanzando la bomba atómica. No se puede decir nada contra eso. Es demoledor.

—Soy escritor de historietas...

—Peor. Lo haces más gráfico, cretino —punto y juego para el editor. Termina su obra colocándole la firma de su lengua: la palabra cretino. No habrá revancha. Ha ganado.

4

Los veranos en Villa Sola eran secos y calurosos. Las tormentas eran cosas lejanas más allá de las montañas, sólo levantaban polvaredas. Las lluvias llegaban pasando agosto, refrescando los tres meses seguidos que el sol había rostizado el pueblo, dejándolo más seco que una lagartija aplastada en la carretera. Era la época en que los chicos se quedaban hasta el atardecer jugando futbol en el campo deportivo de la escuela y los viejos salían de sus casas con jarras de té frío para tumbarse a la resolana. En general, no era un calor agradable. Los nervios se tatemaban un poco y el humor de las personas subía como termómetro dentro de un enfermo. Con cualquier cosa, los habitantes explotaban en peleas rabiosas, las discusiones entre papá y mamá se duplicaban, así como las riñas que yo tenía con mi hermana. Además, las trifulcas por los deportes estallaban como una chispa en depósito de pirotecnia. En general, nadie culpaba a nadie. Todos sabíamos que era el clima y que al llegar las lluvias la gente se tranquilizaría. Conforme iba llegando el frío, las jóvenes parejas se quedaban calmadas en los autos, incrementando el índice de embarazos. Cada estación era parte de un ciclo.

En esa temporada de verano, el color que imperaba era el amarillo. No sólo por el robusto sol que golpeaba con sus rayos a cualquier incauto que osara caminar al mediodía, sino porque el pueblo estaba rodeado por los plantíos de maíz, y esa tonalidad prevalecía para donde uno volteara. Durante la temporada caliente, la planta del maíz deslavaba su colorido hasta quedar en un pardo seco, que de manera monótona se expandía alrededor de la zona urbana. Ese tono paja hacía relucir los fierros oxidados en los viejos anuncios, el tanque del agua o de los tractores que cruzaban las calles gruñendo. El óxido era otra característica del lugar. Todo parecía tenerlo. Desde los automóviles hasta los bastones de los ancianos. Tal vez debía llamarse Villa Óxido.

Ese día, especialmente caliente, mientras yo me había dedicado a apilar las latas de grasa que vendía mi papá, llegó el señor Romero. Mi padre había comprado la grasa en barata, de un lote que le remató uno de sus vendedores. Me pidió que hiciera un anuncio con una cartulina para ponerla en oferta y colocar la pila en la entrada para ver si los clientes asiduos a su almacén aprovechaban la promoción. El calor era atroz. Habíamos dejado la puerta abierta buscando atrapar alguna brisa pues el ventilador que trataba de refrescar el local no cumplía con su trabajo. Papá se había remangado la camisa, mostrando sus velludos brazos. Tenía dos enormes sombras húmedas debajo de cada sobaco. Para tratar de aligerar la carga, bebíamos de la limonada fría que mamá había preparado. La manteníamos guardada en un termo para evitar que se calentara, pero el cálido clima se dedicaba a entibiarla siempre.

—Ray, ve con la señora Delia de la tienda para ver si nos vende una bolsa con hielo —me ordenó papá al probar la bebida. Mi progenitor estaba intercambiando chismes con su amigo Genaro, quien dirigía un taller mecánico cerca de la gasolinera del señor Álvaro, en las afueras del pueblo.

—Sí, papá —dejé mi labor de acomodo en el aparador y corrí para recibir el dinero que mi padre me ofrecía. Me gustaba mucho ir a la tienda de junto, donde la señora Delia vendía latería, refrescos fríos y algunos productos de la región como quesos o chorizos.

—Toma un billete. Quiero el cambio. Si me lo das correcto, quizá pueda pedirle al vendedor de herramientas que me traiga tus revistas —me explicó papá con su tono de mandamás. Eso me dibujó una sonrisa en la cara, pues conseguir revistas de historietas era imposible en mi pueblo. Sólo podía comprarlas en la ciudad o, a veces, las pedía a uno de sus vendedores que llegaba a finales de quincena. Cuando así sucedía, podía traer cualquier título: desde los *X-Men* hasta las aventuras de *Archie*. El vendedor compraba la que se le pusiera enfrente. No me importaba. Todas las historietas me gustaban.

—¿De veras? ¡Gracias, papá!

—Mira, ahí va ese cabroncete de Aquiles… ¿sigue saliendo con tu niña? —comentó el mecánico Genaro mirando el Dodge amarillo con líneas negras que pasó por la calle. Su rugido hizo vibrar los vitrales de la tienda. Yo continué trabajando, pues deseaba oír lo que decían antes de ir por el hielo.

—Sí, son ellos. Debería de ser el padre más feliz del mundo con ese chico, pero hay algo que me impide sonreír. Su padre es mi principal cliente. ¿Imagínate que resultaría si unimos fuerzas?… Pero hay algo… —murmuró mi padre. Nunca hubiera imaginado ese sentimiento hacia Aquiles. En general, lo trataban bien y no era extraño que se quedara a cenar. Esas declaraciones eran una sorpresa.

—Es porque es tu bebé —le dijo Genaro—. Te voy a decir algo, Rey, ella ya está madura. No tardará en salir de tu canasta para irse a otra —explicó. Todo el pueblo se refería a mi padre por su apellido, Rey. Por eso siempre lo vi como eso: un rey.

—Lo sé, quizá por eso no me agrada.

—Déjala ir. Sólo es la naturaleza de las cosas… La fruta cae cuando está madura —le explicó Genaro a mi padre con la mano en su hombro. Desde luego, en ese entonces, no entendí que el mecánico le estaba diciendo que su hija ya era señorita. Que, con seguridad, Aquiles estaba listo para estrenarla. La referencia de la fruta se me hizo tan extraña como la mayoría de las referencias que Genaro hacía—. ¿Qué no ése es el cabrón de Romero?

A mí no me gustaba el señor Romero. Creo que a nadie le agradaba en el pueblo. Ni siquiera al padre Marco. Era más que sabido que un día se hicieron de palabras en la calle para terminar el altercado a golpes. Y si uno tenía un problema con el padre Marco, es que era un verdadero hijo de puta. Ese hombre es el único religioso que podría calificar de santo. No era perfecto, pues tendía a ser demasiado meloso, juzgaba severamente a quien llevaba una vida descarriada y odiaba que los muchachos tuvieran sexo antes del matrimonio. Pero el tipo apoyaba a los desamparados y buscaba el beneficio de su comunidad. Nunca fui muy devoto a la iglesia, como mi madre, pero Marco era lo único que me hacía quedarme callado en cuanto a fe. Era uno de esos bichos raros en peligro de extinción: un sacerdote decente.

El señor Romero era dueño de grandes extensiones de tierra al oeste del pueblo. Cultivaba ahí calabazas zucchini que vendía a una empacadora de la ciudad. Los martes y sábados ya era costumbre ver los grandes camiones cargados de esa verdura con el logotipo de la empresa que las picaba para venderlas en bolsas. Ese negocio sin duda le había dado mucho dinero, pero no por ello dejaba de ser lo que en verdad era: un viejo cascarrabias, encorvado, que olía a orines.

Hubo un tiempo en que el señor Romero estuvo casado y con un hijo. Pero su hijo se fue a buscar suerte y se enroló al ejército americano. Terminó hecho pedazos, regado por todo el desierto cuando pisó una mina iraquí en la liberación de Kuwait. Dicen que lo devolvieron en una pequeña caja, como si lo hubieran incinerado. Un amigo de mi padre nos narró que lo único que habían encontrado después de la explosión era un par de dedos de los pies. Después del entierro, donde el señor Romero tuvo el percance con nuestro párroco, se recluyó en su mansión que estaba rodeada de los plantíos de calabazas verdes. Un día que regresó del campo, después de que los camiones de la empacadora terminaron de cargar el pedido semanal, el viejo Romero encontró que su esposa no estaba. Se había ido con sus ropas, el Cadillac y varios fajos de dinero que guardaba en la casa pues no confiaba en los bancos. Nadie culpó a la pobre señora Romero de que abandonara a su marido. El viejo era un demente que abusaba de todos. Y esa tarde cálida que lo vimos llegar, fue el pobre de Isaías al que le tocó la mala suerte de ser abusado.

—La mierda... Tienes razón. Es el hijo de puta de Romero —contestó mi padre. Lo dijo porque pensó que yo no estaba presente. Apenas lo escuché, de hecho, pues salía a comprar los hielos en la tienda. Mi padre nunca decía malas palabras frente a mí. Fue una sorpresa atraparlo con ese repertorio.

Mientras corría por la bolsa con hielo, el señor Romero se estacionó a media cuadra de la iglesia. Manejaba una viejísima camioneta Ford, no puedo recordar de qué color. Es más, creo que no tenía tono. Era todo óxido. Cada vez que cambiaba la velocidad, emitía un ruido terrible. Como si el motor se quejara de ser torturado. No tenía uno de los faros. Lo había roto cuando atropelló al perro de un vecino y no lo había arreglado desde entonces esperanzado en que alguien le pagara el desperfecto. Bajó de su vehículo quejándose. Siempre lo hacía así. Combinaba maldiciones con quejidos.

Yo no entré a la ferretería de papá, me quedé en la calle mirando todo: Isaías estaba sentado en la silla que ponía el peluquero para que la gente esperara el turno en caso de que alguien estuviera en medio del corte de cabello. Pero lo ocupaban los viejos como un intermedio en su caminar por la calle. Al ver que el señor Romero se acercaba, Isaías se levantó y se acercó extendiendo su mano arrugada para saludarlo:

—Buenas tardes, señor Romero. Quiero pedirle si me podría volver a dar empleo en su granja. Necesito el dinero para pagar mis deudas… —explicó Isaías con su fuerte acento de Europa del este.

Yo entré a la tienda, dejé el hielo y retomé al acomodo de las latas en la tienda. Mi padre se quedó platicando con un amigo. El padre Marco había decidido pintar la puerta de la iglesia, y creo que la señora Delia paseaba a su perro de agua afuera de su tienda. Todos nosotros presenciamos sorprendidos la respuesta del viejo gruñón Romero a Isaías: literalmente, le dio una patada. El robusto cascarrabias, ofreciendo una sorprendente agilidad, pateó como si fuera un saque de campo en un juego de final de temporada. Isaías voló un par de centímetros de la banqueta y cayó de bruces, mientras el señor Romero proseguía su camino murmurando:

—¡Aléjate de mí, sucio judío! Yo no soy la oficina de beneficencia para mantener vagos como tú…

Isaías era un sobreviviente del holocausto. De niño fue apresado con su familia en los campos de Polonia y encerrado por casi tres años. Enseñaba el número marcado en su brazo a quien se lo pidiera. Vivía de hacer pequeños trabajos de limpieza o mantenimiento en el pueblo, como pintar las cercas o recolectar las calabazas del señor Romero. Todos decían que era judío, pero nunca supimos las razones por las que terminó residiendo en nuestra comarca. Dudo mucho que lo fuera. Supongo que era gitano, pues también a ellos los nazis los persiguieron. A fin de cuentas, para todo el pueblo él era lo mismo: un anciano de una cultura exótica. Tenía lo mínimo para sobrevivir en una pequeña casa de un solo nivel que compró décadas atrás a una viuda. Él mismo decía que no necesitaba más, pues había logrado darle estudios a su única hija. Aseguraba que vivía en algún país de Europa. Quizás era un poco parlanchín, loco y podría llegar a hostigar, pero no era mal ser humano. Judío o no, siempre era el primero en ayudar al sacerdote a pintar la iglesia o a montar los arreglos de Navidad en las calles principales. Por eso creo que estábamos equivocados con sus raíces. Pero nadie se había detenido a preguntarle cuáles eran sus orígenes.

Fue la señora Delia quien corrió a socorrerlo, le ayudó a pararse. Isaías seguramente era mucho más viejo que su agresor, pero aun así no dijo nada. Simplemente le clavó su mirada cansada. Parecía acostumbrado a esos tratos. En mis ojos lo pude ver más joven, agradeciendo al guardia nazi que lo golpeaba en el campo de concentración por no matarlo. Como si fuera la escena de una película de Steven Spielberg.

—¿Se encuentra bien, Isaías? Deberíamos ir con el doctor a que lo revise… —dijo la señora Delia llevándose al viejo.

Los testigos del incidente permanecimos en el umbral de la tienda. Cuando vimos que la cosa se había terminado, regresamos al interior.

—Pobre Isaías, debería ir a la ciudad. Los de su comunidad le ayudarían. Aquí no tiene a nadie —comentó mi padre a su amigo Genaro.

—La otra vez hablé con él. Me dijo que en la ciudad sólo hay desconocidos. Aquí, en el pueblo, está la gente que él conoce. Por eso no se va.

—Nadie se va de aquí. Es la maldición —exclamó papá colocándose detrás del mostrador.

—…O quizá la bendición. Nadie quiere vivir con crímenes o ruido. Por eso nos quedamos —le completó su amigo despidiéndose de él y levantando el periódico que llevaba bajo el brazo.

Al pasar la puerta de la tienda, dio un salto hacia un lado, pues el señor Romero entraba también. Fue como cuando saltas al ver que estás a punto de pisar una gran caca. Así hizo Genaro para ni siquiera rozar su cuerpo con el maloliente anciano refunfuñón. No sé si eso crispó más el mal genio del anciano, pero al verme gritó furioso:

—¡Quítate de aquí, muchacho! ¡Estorbas! —dijo al entrar a la tienda de mi padre. Con la misma bota de trabajo que tiró al anciano de Isaías, golpeó mi torre de latas de grasa. Éstas cayeron como una torre de naipes a los que les quitan las bases, haciendo tal estruendo que el eco de los quejidos de las latas permaneció por varios minutos rebotando por la tienda.

Con pasos del tamaño de la separación de torres eléctricas, el viejo llegó hasta el mostrador. Durante todo su camino maldijo y refunfuñó, inundando el silencio que dejó después del estallido de las latas. Se detuvo frente a mi padre, los dos parecían rivalizar en volumen. El viejo hurgó en su viejo overol de mezclilla hasta que encontró lo que buscaba. Al palparlo, abrió los ojos y, con gesto compungido, golpeó el frente de la barra del mostrador con una llave de tuercas.

La herramienta quedó agonizante ahí como un náufrago arrojado por la marea en plena playa. Uno de los dientes de la llave estaba roto, Parecía que le habían dado un mordisco. Pero sin duda, se requirieron unos colmillos muy especiales para haber arrancado ese pedazo de metal.

—¡Tu mierda de llave está rota! —le gritó el señor a mi padre.

—Así lo veo, señor —respondió papá en su posición de tranquilidad zen. No es que no tuviera clientes difíciles. En general, supongo que todos los clientes son difíciles en menor o mayor medida, pues desean lo mejor por lo menos. Sin excepción. Pero el señor Romero había obtenido el título del peor cliente en la historia de todo el pueblo. Quizá del mundo. Era del tipo de consumidor que si comía sólo la mitad del plato con huevo en la cafetería, entonces sólo pagaba esa mitad explicando que no había consumido la totalidad del platillo. O que después de probarse una camisa, deseaba una rebaja, porque en su opinión la prenda ya estaba usada. El tipo de cosas a las que un vendedor no desea enfrentarse. Pero mi padre era especial en varios sentidos. Nunca perdía los estribos. Era su cualidad más sorprendente para un hombre de su talla.

—La compré hace tres años en tu porquería de tienda —le explicó molesto el viejo.

—Lo recuerdo. Estaba en oferta por Navidad.

—Pues me mentiste, Rey.

—¿Disculpe, señor Romero? —mi padre arqueó tanto las cejas que casi se salen de su cara ante la demanda del viejo.

—¡Nada! ¡Qué me has estafado! Esta llave se ha roto y ahora deseo que me devuelvas lo que pagué por ella…

—No puedo hacerlo, señor Romero.

—¿Cómo que no puedes hacerlo, maricón? —le gritó señalándolo con su dedo regordete y sucio.

—Bueno, en primera, fue hace tiempo que la vendí… tres años. Y en segundo lugar, no es un producto que tenga algún tipo de garantía. Lo siento —explicó sosegadamente mi padre.

—¡¿Cómo puedes ser tan patético, idiota?! ¡Claro que debes devolverme mi dinero! Yo la compré, no sirve y ahora deseo mi dinero de vuelta.

—Usted sabe que eso no será posible, señor Romero.

—¡Claro que lo vas a hacer, mariconcito de mierda! —empezó a vociferar, golpeando y tirando cosas de la tienda de manera retadora—. ¡Voy a reventarte esa cara idiota con la llave hasta que no puedas sonreír! Y luego, me devolverás mi dinero…

—Tampoco creo que sean los modos, señor Romero —trató de calmarlo. Pero fue contraproducente. El hombre se lanzó contra mi padre a golpes, imponiendo sus puños en la discusión.

—¡Hijo de puta…!

—¡Vamos, vamos! —gritó Genaro que regresó a la tienda. No sé por qué lo hizo, pues yo estaba seguro que se había despedido. Por fortuna, el mecánico no encaminó hacia su taller y retornó para calmar la pelea. Mi padre no hacía nada para defenderse, sólo cerraba los ojos, anteponiendo su hombro para que el puño del viejo no encontrara su rostro. Genaro sostuvo al señor Romero con una llave de lucha libre. Y con un despliegue de fuerza, lo hizo a un lado.

El anciano maldijo en una letanía de groserías manoteando para librarse del abrazo repentino del amigo de mi padre. Mantenía la boca abierta, pronunciando sus palabrotas sin cerrarla. De una de las comisuras de sus labios, se blandía una gota de baba cual perro con rabia.

El señor Romero se soltó y tomó la llave rota, dio otra patada al mostrador como despedida. Giró sobre sí mismo, para regresar a la puerta con las mismas zancadas de hectárea, y salió de la tienda. Con inigualable rapidez remontó su camioneta. Antes de arrancar, el vehículo se quejó con una carraspera mecánica. Troca y anciano se alejaron del centro del pueblo, dejando a los testigos admirados por su arrebato de ira.

—¡Dios! Ese hijo de puta de Romero está más loco que una cabra… —susurró el compañero de mi padre. Papá no respondió. Se dedicó a acomodar el desperfecto creado por el colérico anciano, y de vez en cuando, a lanzarle una mirada acusadora. No hubo ni un agradecimiento a Genaro por su acto de valor. Papá sólo se quedó con los ojos irritados y ardiendo en furia. Yo no pregunté nada. Estaba más que aterrado por lo presenciado. No sólo por el desplante de egos y la confrontación de dos machos, sino porque me di cuenta que mi papá no era infalible. La señora Delia y el padre Marco salieron de sus respectivas construcciones ante el jaleo, atestiguando que la camioneta del señor Romero se alejaba. Cuando asomé mi cabeza, me encontré con el loco Isaías, sentado en el banco de la peluquería, sollozando. Nadie pareció darse cuenta de eso. Sólo yo.

Sentí una presión en mi hombro. Un gesto típico para hacerme remarcar que mi padre estaba a mi lado, apretándome ligeramente el omóplato. Alcé mi vista y encontré los ojos

perdidos de mi padre, ese hombre que yo imaginaba un superhéroe. Eran ojos tristes. Sin mirarme, susurró:

—Raymundo, ve a jugar. Yo recogeré la tienda —no quería contradecirlo. Así que tomé mi bicicleta y me fui.

En verano, cuando el sol estaba en lo más alto, se podía ver
la carretera que salía del pueblo deformarse en un extraño
reflejo de agua. Me gustaba sentarme a la sombra del gran
letrero de *García Totopos* a leer algún libro que había sacado de
la biblioteca. Éste era el segundo anuncio que daba la bienve-
nida a Villa Sola. Uno monumental que parecía llevar en ese
lugar más tiempo que el rótulo oficial con el nombre de nuestro pueblo. Era un gigantesco promocional que había perdido
sus colores, sus siluetas se habían esfumado por el paso de los
años y el constante deterioro. Estaba a un lado del camino. El
producto que anunciaba era unas frituras que —mi padre explicó— elaboraban en el pueblo décadas atrás. Si lo que más
se plantaba era maíz, no era extraño que se fabricaran productos con ese grano. Los totopos de la granja García eran famosos porque se podían encontrar en las tiendas de la ciudad.
Eran el único producto o referencia de nuestro pueblo en el
exterior. Pero cuando las grandes corporaciones empezaron
a dominar el mercado, colocando mercancía importada de
bajo costo, los productores locales perdieron su oportunidad
de competir en el negocio. Cerraron la compañía. Aunque
la granja estaba aún ahí, había dejado de funcionar décadas
atrás. Sólo quedaba ese anuncio enorme, deslavado y oxidado, que invitaba a comprar los totopos con la ilustración de
un niño a punto de morder el triángulo de maíz. Algún inge-
nioso creativo de la misma fábrica le colocó la frase: "... tan
ricos que se antojan". Cada vez que lo leía, me preguntaba

quién era el gran pensador al que se le había ocurrido dicha promoción. No era muy original.

Como el letrero era de proporciones exorbitantes, presuponía que era más barato dejar que el óxido o un vendaval lo destruyeran a contratar a alguien para quitarlo. Por ello, lo dejaron ahí. Decisión que era fantástica, pues el aviso de Totopos García era mi lugar favorito para leer. La sombra que proporcionaba era maravillosa y si te subías al primer barrote del anuncio podías contemplar la carretera que dejaba el pueblo, hacia donde estaban mis sueños.

Coloqué mi bicicleta recargada en uno de los sostenes del anuncio, para arranarme cómodamente en una esquina aprovechando una brisa que refrescaba la calurosa tarde, para sumergirme en la lectura de un libro. Era perfecto para olvidarme del desagradable evento en la tienda de mi padre. Y lo hubiera logrado, si no hubieran aparecido los gemelos Leonel. Fue esa tarde cuando me agarraron como pera de boxeador.

Por desgracia, yo no era el único que no tenía nada que hacer ese día. Al parecer, esos dos matones estaban igual de aburridos y rondaron el pueblo desde el mediodía tratando de efectuar alguna maldad para franquear la tarde. Después, me enteré de que habían ido a la granja de la familia Fierro para romper cristales con piedras, y lograron atrapar al gato de la anciana señora María para amarrarle latas en la cola. Uno de ellos, no recuerdo su nombre, andaba en una vieja bicicleta alta. Y Ulises, el mayor, en patines.

Los hermanos Leonel parecían haber nacido en tiempo de los cavernícolas, pero físicamente tenían mi edad. Asistían a la escuela y aderezando mi mala suerte, en la misma clase. No eran del tipo popular ni contaban con seguidores debido a sus costumbres arcaicas de golpear antes de hablar, sacar la ropa interior del pantalón de los incautos con la mejor técnica de "calzón chino" y tomar cosas prestadas, sin pensar devolverlas. Más de una vez los habían expulsado del colegio y para el director su existencia era una maldición. Pero lo era más para el resto de los mortales que teníamos que convivir con ellos. Supe que la tarde iba a terminar mucho peor de cómo había comenzado cuando escuché:

—Mira al genio de Raymundo, está leyendo su novela de amor…

Casi todos me decían Ray. Mi nombre completo, Raymundo, estaba limitado a cuando mi padre estaba enojado, o bien para cuando lo pronunciaban los gemelos Leonel. Nadie me llamaba por mi apellido, Rey, puesto que ése era el nombre que mi padre se había ganado.

El otro hermano Leonel descendió de su bicicleta. Riéndose como una hiena desbocada, se acercó a mí. Permanecí sentado en las bases del anuncio, temiendo lo peor. Los hermanos eran de una rodada extra grande, con un cuerpo regordete que parecía ir subiendo de peso cada mes por los pastelillos y dulces que robaban de los demás chicos. Usaban siempre camisetas estampadas con frases tontas o logotipos de grupos de rock. Ese día Ulises tenía una que decía: "Vengo con el idiota…". Y su hermano, una de la banda Kiss. La primera en color blanco, con una variada colección de manchas. La del grupo de rock, en rojo sangre. Ulises me arrebató mi libro, dándome un golpe en el brazo:

—¡Vamos mariposón, enséñanos tu cuento de hadas!

Los dos cavernícolas tomaron el libro y leyeron la portada: *Crónicas Marcianas* por Ray Bradbury. El otro, del que olvidé por completo su nombre, sonrió enseñando un diente frontal faltante:

—Tenemos un marciano…

—¿Sabes que le hacemos a los marcianos? —cuestionó su hermano.

No sabía que les hacían a los marcianos, pero empecé a sospecharlo cuando me tomaron del pie y me jalaron hacia ellos. Opuse resistencia, y se me lanzaron como toros desbocados. Al final, después de mucho polvo, gritos y más de un par de lágrimas, supe qué le hacían a los visitantes de otros mundos. Una recepción así hubiera desatado una guerra más devastadora que la descrita por H. G. Wells en *La guerra de los mundos*. Pero al menos con esos golpes hubiéramos vencido a los marcianos.

Así fue como terminé con la boca hinchada cual pelota, la camisa rasgada y mi autoestima derrumbada en el piso. Los moretones de la paliza que recibí permanecieron conmigo varios días, teniendo que mentir a mamá sobre la razón de ellos. Sólo expliqué que me había caído de la bicicleta. Hoy me pregunto por qué nunca se cuestionó que me cayera tanto.

Mis dos atacantes se asustaron cuando se escuchó la corneta de un automóvil. Me dejaron tirado en el pasto con el libro roto. Montaron su bicicleta y patines, respectivamente, para alejarse en busca de otro incauto.

No puedo negar que lloré. Pero no por dolor, sino por impotencia. Era frustrante saber que mañana seguiría en ese lugar al que llamaba Villa Sola, con mi decrépita vida. Me quedé con la sensación de que aunque pasaran las horas, días o meses, todo permanecería igual, como una horrible maldición eterna.

De pronto, se oyó un murmullo lejano, parecido a una tormenta que se acercara rodando. Sé que esa definición es exagerada, puesto que los torrenciales no tienen ruedas, pero puedo asegurar que ése fue el sonido: un ciclón rodante aproximándose. Me levanté del polvoso suelo y trepé por el anuncio para buscar una mejor vista: sólo se veía una nube de polvo avecinándose por la carretera. Ésa era la tormenta que había percibido.

Cuando se acercó más descubrí que se trataba de una caravana de camiones remolque y tráileres de campamento. No sé cuántos eran en realidad, pero para mi joven mente se contaban en miles. Me recordaron un batallón de hormigas en hilera llevando comida a su agujero. Bajé del anuncio para encaminarme al extremo de la carretera y así poder distinguirlos bien cuando pasaran. Camionetas y autos de múltiples marcas y años: un desfile de variedad de automóviles. Entre ellos pude distinguir algunos como las camionetas Ford con lámina gruesa de la década de los sesenta; uno de esos Chevrolet El Camino que salieron en los ochenta con la parte trasera a manera de furgón; un AMC Gremlin, en chillante color verde mosca y su inconfundible cristal trasero en ángulo diagonal; el Toyota Van de finales de los setenta, con psicodélicos colores azules; y al frente, ese armatoste horrible que era el Pontiac Aztek en color vino y con una placa dorada que decía "BeatlesLoveU" que remarcaba su desagradable línea. Los remolques eran viejos, oxidados y con golpes. Algunos llevaban calcomanías alusivas a los lugares que habían visitado. Muchas apenas eran distinguibles porque se habían borrado, dejando la sombra blanca del contorno del acetato. Pude descubrir dibujos de un flamingo, naranjas, venados, osos, signos de amor y paz, y anuncios de restaurantes de lugares que nunca había escuchado. Me intrigó una gran calcomanía redonda del mundo que decía "Eres nuestro hogar".

Lo que más me impresionó de este sorpresivo encuentro fueron los conductores. Todos eran hombres viejos. Parejas de ancianos de distintas razas que viajaban cual gitanos consumiendo su tiempo hasta morir. Hombres, suponía yo, que en otro tiempo fueron soldados, policías, ingenieros o empleados, que se habían convertido en caracoles humanos, con su casa arrastrando atrás. Esos ancianos eran el sueño de los empleados: retirarse y viajar. Puesto que después de hacer su trabajo en esta vida ya no eran necesarios para las nuevas generaciones, se les tenía que retirar de la sociedad, haciéndolos viajar para no estorbar al camino del progreso. La anterior gloria de una generación pasaba frente a mis ojos en esos remolques. Era el pasado, nuestro pasado. Pero a la vez eran extraños. Gente de afuera del pueblo: los otros. Los que considerábamos extranjeros.

5

El ocaso de los dioses

Guion para historieta de cuatro capítulos
(Primera entrega)

De: Rey Raymundo
Enviado: jueves 18 de junio 9:42 p.m.
Para: Patricio <mailto:patriciocomic@pcomic.com>
Asunto: Listo, guion historieta. ¿Nombre?

Hola querido Patricio. Sé que vamos un poco demorados, pero te aseguro que estaré poniéndome al corriente lo más pronto posible. Ésta será una pequeña serie de cuatro capítulos. Dejaremos a un lado lo que hemos hecho de acción y aventuras para narrar una historia con tintes de fantasía. Le he platicado la idea a nuestro editor hace un par de semanas y, con dudas, aceptó que se hiciera. Pensó en el éxito de algunas películas con el mismo tema, y cree que podríamos montarnos en esa ola para vender algunos títulos. Confía plenamente en tu arte, que ya nos has comprobado que es de la mejor calidad. Estoy seguro de que encantará a los lectores.

Muchas preguntas aparecerán al leerlo: ¿es autobiográfico?
¿Soy yo el protagonista? No lo sé. Los escritores usamos el pa-
pel blanco como confesionario. Pero somos malos pecadores, pues
vestimos las anécdotas a conveniencia. Tratamos de jugar a los
dioses y cambiar la realidad para que ésta se acople a nuestro
plan. Pensamos que si la dejamos por escrito, la mentira se vol-
verá verdad y el suceso se moldeará menos doloroso. Mil perdones
por ello... Sé que no debo pedir perdón. Mil perdones por ello.

Bien, aquí vamos. Si tienes alguna duda, escríbeme al correo
electrónico pues no me encontraré en la ciudad. Tengo que aten-
der un asunto personal. Saludos a Isabel, muchos abrazos.

Raymundo

Pág. 1
CUADRO 1. (Página completa)

Ésta es una imagen abierta, larga. Servirá de introducción
a nuestra historia, como una especie de prólogo. En este gran
cuadro vamos a explayarnos con una mezcla de referencias
mitológicas que irán hiladas con el texto del principio. Me
gustaría que posea un toque de las grandes épicas mitológicas
de Homero, Virgilio y Dante. Aglomeradas en una ilustración
que nos lleve de la mano por este mundo lleno de fantasía
y encanto. Habrá en él dioses, muchos de ellos. Los que han
desfilado en nuestra Tierra, rigiendo el orden de los humanos
en cada cultura. Rostros violentos o benevolentes, pero poderosos. Toma referencia de las viejas leyendas, como muestra
de cada cultura. Quizás encontremos a uno de los omnipre-
sentes y belicosos dioses nórdicos, con armas y armaduras
que nos llevan a su paraíso de guerreros. También alguno
de los habitantes del monte Olimpo, como emperadores del

mundo, gobernantes con defectos y virtudes que parecían más humanos que nosotros mismos. Encontraremos algún dios antiguo, de las tribus salvajes que rezaban a la naturaleza que les daba vida. Sin olvidar las deidades de Oriente, como aquélla de múltiples brazos, que para el hinduismo es la imagen de la aniquilación y destrucción. Más al fondo, una de las creadoras del mundo en la mitología japonesa, deidad que se refiere al agua o al viento. Todos ellos eran los regentes de nuestro universo. Será una bella imagen para comenzar…

De: Patricio (mailto:patriciocomic@pcomic.com)
Enviado: viernes, 19 de junio 08:24 a.m.
Para: Rey Raymundo
Asunto: Re: Listo, guion historieta. ¿Nombre?

Estimado e hipocondríaco colega Raymundo:
¿Realmente deseas que trabaje con este hermoso sol que invita a salir de la ciudad? Sé que siempre te urgen tus páginas, que debemos apurarnos para entregar al editor y demás cantaletas… Pero es verano. No debemos estar aquí laborando. Deberíamos salir y divertirnos. Tú que eres un ermitaño podrás permanecer en tu cubil lleno de libros… pero hay gente (yo) que tiene vida, y una novia.

Te propongo que trabaje yo en la playa mientras tú visitas tu pueblo. Sólo espero que no desee regresarme a los dos días, como ya sabes que es mi costumbre. Sé que mi vida como dibujante no es muy atractiva. Permanecer ocho horas detrás de un restirador es tan emocionante como tener una cita con un enfermo en coma, pero es nuestra decisión ¿no es así?

Los ilustradores también somos mentirosos: cambiamos la realidad, la que nuestros ojos ven, por una a nuestro modo. Hay

quienes te venden una realidad de fantasía, con pajaritos y ve-
naditos que te levantan en la mañana. Y otros, contrario a ese
pensamiento, venden una realidad terrible. Donde el monstruo
se esconde en cada esquina. No te disculpes por ser un mentiroso
profesional. Los dos trabajamos para el mismo bando. Recuerda:
el mundo nunca es tan bello, ni tan terrible como tú lo escribes o
yo lo dibujo.

    Te mando un fuerte abrazo desde aquí. Isabela manda be-
sos. Yo no mando besos.

De: Rey Raymundo
Enviado: sábado 20 de junio 10:48 a.m.
Para: Patricio <mailto:patriciocomic@pcomic.com>
Asunto: Re: re: Listo, guion historieta. ¿Nombre?

    ¿Isabela irá contigo a la playa?
    Luego escribo, llegué hace unas horas. Locura total.

                               Ray

De: Patricio (mailto:patriciocomic@Pcomic.com)
Enviado: sábado, 20 de junio 11:07 p.m.
Para: Rey Raymundo
Asunto: Re: Listo, guion historieta. ¿Nombre?

    Sí, le llamamos el viaje de reconciliación. Creo que vamos a ha-
cer la estupidez de tratar de arreglar lo nuestro con un bebé. No
digas nada. Tú no mereces opinar. Pero sí, en secreto te lo digo:
tienes razón.

    ¿Por qué los artistas somos tan complicados?, ¿por qué nos
deprimimos con sólo derramar la leche? ¿Es normal vivir así?
¿Somos artistas y por eso somos melancólicos?, ¿o es nuestro ca-

rácter melancólico lo que nos vuelve artistas? Sé que es una plática que debe acompañarse con una botella de vino, como las
noches donde nos juntamos para platicar de libros, historietas y
música. Como buenos frikis que somos, no importa si comenzamos
hablando de nuestra condición patética, al final, terminaremos
hablando de Star Wars… niños al final. Al menos, creo que Isa-
bela soporta mejor nuestra mente infantil que Carolina. Tú sabes
lo que opinaba de ella. No era personal, pero era una cabrona.

Para que veas que te quiero, adjunto las primeras páginas
de la historieta. Te escribo con más detalle cuando llegue a la
playa. Con suerte, podré olvidarme de todo y regresar a casa.

Un abrazo, tu monero de cabecera,

Patricio.

P.D: ¿No te gustó la cuarta página? Creo que tiene algo de la
fotografía de las películas de Steven Spielberg ¿no crees?
(Anexo hojas en baja resolución.)

ELLOS ESTABAN AQUÍ DESDE EL PRINCIPIO.
NO ERAN EL PRINCIPIO,
Y ESTABAN MUY LEJOS DE SER EL FINAL.
ALGUNOS LOS CONSIDERABAN DEMONIOS.
OTROS, DEIDADES A LAS QUE SE DEBÍA REZAR.
PERO LOS TIEMPOS CAMBIAN,
Y EL HOMBRE TAMBIÉN CAMBIÓ.

ERA UN PUEBLO
COMO CUALQUIER
OTRO.

NO IMPORTA
EL NOMBRE,
HAY MILES DE
PUEBLOS ASÍ
EN EL MUNDO.

QUIZÁ PARA EL
RESTO DE LA GENTE
SERÁ SÓLO UN
RÓTULO CON UN
NOMBRE AL LADO
DE LA CARRETERA...

...O UNA PARADA NECESARIA PARA CARGAR
GASOLINA DE CAMINO A OTRO LUGAR.

PERO PARA MUCHOS, COMO PARA MÍ,
ESE PEDAZO PERDIDO DE TIERRA
ERA MI HOGAR.

HOGAR NO TIENE QUE SER
BELLO O INTERESANTE.

SÓLO ES HOGAR.

ÉSTE SOY YO. Y ÉSTA ES UNA HISTORIA DE MI INFANCIA.

PERO, ¿QUÉ SIGNIFICA INFANCIA, MÁS ALLÁ DE UN PAR DE DOCUMENTOS PERDIDOS EN EL DISCO DURO DEL CEREBRO?

¿O UN CHISTE CRUEL QUE SURGE DE LOS RECUERDOS COMO UN VISITANTE CASUAL DE VEZ EN CUANDO?

ESTABA EN LA EDAD EN QUE LOS SUEÑOS...

...Y UN PERRO SON TUS MEJORES AMIGOS.

AMBOS TE LLEVAN A LUGARES QUE JAMÁS HUBIERAS IMAGINADO. TAN LEJANOS COMO UNA GALAXIA

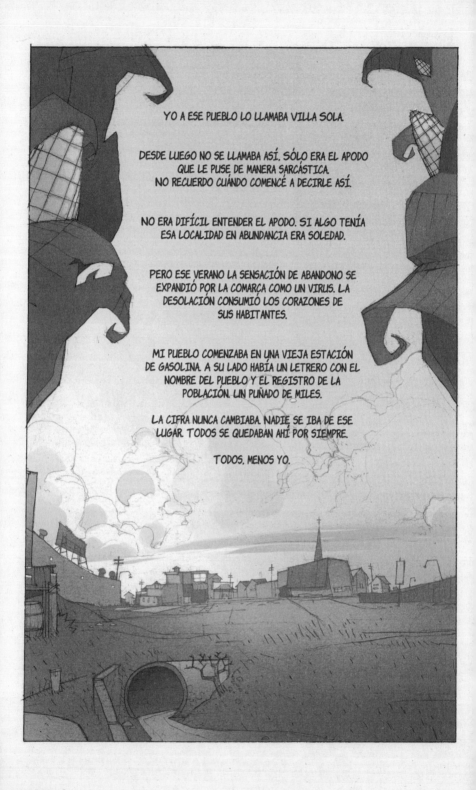

YO A ESE PUEBLO LO LLAMABA VILLA SOLA.

DESDE LUEGO NO SE LLAMABA ASÍ, SÓLO ERA EL APODO
QUE LE PUSE DE MANERA SARCÁSTICA.
NO RECUERDO CUÁNDO COMENCÉ A DECIRLE ASÍ.

NO ERA DIFÍCIL ENTENDER EL APODO. SI ALGO TENÍA
ESA LOCALIDAD EN ABUNDANCIA ERA SOLEDAD.

PERO ESE VERANO LA SENSACIÓN DE ABANDONO SE
EXPANDIÓ POR LA COMARCA COMO UN VIRUS. LA
DESOLACIÓN CONSUMIÓ LOS CORAZONES DE
SUS HABITANTES.

MI PUEBLO COMENZABA EN UNA VIEJA ESTACIÓN
DE GASOLINA. A SU LADO HABÍA UN LETRERO CON EL
NOMBRE DEL PUEBLO Y EL REGISTRO DE LA
POBLACIÓN. UN PUÑADO DE MILES.

LA CIFRA NUNCA CAMBIABA. NADIE SE IBA DE ESE
LUGAR. TODOS SE QUEDABAN AHÍ POR SIEMPRE.

TODOS, MENOS YO.

EL POBLADO SE DISTINGUÍA POR LA CÚPULA DEL PALACIO DE GOBIERNO.

A SU LADO ESTABA LA IGLESIA DEL PADRE MARCO, UNA PEQUEÑA CONSTRUCCIÓN QUE TRATABA DE RESALTAR CON SU TORRE DESPROPORCIONADA, COMO ESOS PEQUEÑOS HOMBRES QUE USAN TACONES PARA PARECER MÁS ALTOS.

EL SACERDOTE PASABA TODO EL TIEMPO ARREGLANDO LA VIEJA CONSTRUCCIÓN, COMO SI FUERA EL ALMA DE SUS FELIGRESES.

AL OTRO EXTREMO ESTABA UNA CANTINA QUE SE VESTÍA DE RESTAURANTE. ERA EL LUGAR DONDE LOS BORRACHOS DEL PUEBLO IBAN A PERDER SU DINERO EN ALCOHOL, BILLAR, O PARTIDAS DE DOMINÓ.

PAPÁ TENÍA UNA FERRETERÍA EN EL CENTRO DEL PUEBLO.

VENDÍA TODO LO NECESARIO PARA CONSTRUIR, DEMOLER, ARREGLAR, O CULTIVAR.

MÁQUINAS POTENTES Y RUIDOSAS QUE SON LOS NUEVOS TROFEOS DEL HOMBRE.

PAPÁ ERA UN VERDADERO REY. AL MENOS, ASÍ LO VEÍA YO.

ERA UN HOMBRE GRANDE, DE ESOS QUE LA VIDA EXAGERA EN LAS PROPORCIONES.

A SU FERRETERÍA IBAN CLIENTES CON TODO TIPO DE HISTORIAS. DESDE LAS LEYENDAS DEL PUEBLO HASTA CUANDO EL VIEJO BING PELEÓ EN LA SEGUNDA GUERRA MUNDIAL AL LADO DEL GENERAL PATTON CON LA 25 DE CABALLERÍA EN NORMANDÍA.

EN CASA, DURANTE LA CENA, PAPÁ NOS PLATICABA LAS HISTORIAS, AUNQUE FUERAN FALSAS: PATTON NUNCA ESTUVO EN NORMANDÍA Y BING ERA SÓLO UN CAMPESINO.

PERO PAPÁ NOS EXPLICABA QUE UNA BUENA HISTORIA TIENE DERECHO A VIVIR SU PROPIA VIDA. INCLUSO LAS FALSAS.

MAMÁ ERA MAMÁ.

¿CÓMO PUEDES DEFINIR A UNA MAMÁ? NO LO SÉ.

ERA LA MUJER QUE ME BESABA POR LAS MAÑANAS Y AL ACOSTARME, Y A LA QUE DESCUBRÍA ESCONDIDA EN LA OSCURIDAD, LLORANDO AL BORDE DE SU CAMA.

MAGO ERA MI HERMANA MAYOR. LA MÁS POPULAR DE LA ESCUELA, DE LA CAFETERÍA, Y DE TODO EL PUEBLO.

TENÍA EL CABELLO DORADO, SE CONFUNDÍA CON EL ORO. HACÍA DAÑO SÓLO DE VERLO.

MAGO ERA COMO LA MUÑECA BARBIE. PODÍAS EMPACARLA Y VENDERLA COMO EL JUGUETE DE MODA.

Y ESTABA YO.

NO ERA COMO PAPÁ NI COMO MAMÁ. MUCHO MENOS COMO MAGO.

COMO EN ESA CARICATURA DONDE LA CIGÜEÑA SE EQUIVOCA Y LE DEJA UN ELEFANTE BEBÉ A UNA FAMILIA DE CHIMPANCÉS.

YO ERA EL ELEFANTE.

6

La noche que presencié la llegada de los viajantes, encontré a
mi madre cuando llegué a casa después de la pelea. Nuestra casa estaba en un barrio al este del pueblo, cerca de la escuela. Mamá pasaba los días encerrada en su castillo. Tan sólo
desaparecía los jueves y viernes para ver a su grupo de amigas
con las que charlaba, jugaba cartas y bebía litros de café. El
resto del tiempo, trabajaba para mantener nuestro hogar lo
más cercano a un set de programa de televisión, donde todo
está en su lugar.

Entré con lentitud a la casa para que ella no viera el destrozo que los hermanos Leonel dejaron en mi persona. Caminé lo más silencioso que pude, tratando de ser un ninja que
se desliza entre sombras. El problema fue que apenas Elvis
me escuchó, comenzó a ladrar y a mover la cola golpeándose
con todo como la batería de un grupo de rock. Desde luego
que mamá me descubrió. Estaba sentada en las escaleras de
la puerta trasera, hablando por teléfono y fumando. Ella sólo
fumaba cuando estaba sola. No le gustaba hacerlo enfrente
de nosotros. A papá le aseguraba que lo había dejado hacía
mucho. Cosa tan irreal como decir que criábamos unicornios
con alas. Al verme, mi madre tiró el cigarro, alejándolo de

mi vista y dio un grito de sorpresa muy aderezado con terror. Mentí y le dije que me había caído de la bicicleta. De inmediato, cual enfermera en sala de emergencias, me llevó a la cocina para curar mis heridas con alcohol, gasas y algunos besos. Estoy seguro de que los besos fueron los que mejor lograron reconfortarme.

—Debes cuidarte, Ray. Siempre terminas golpeado... —me dijo mi madre. Nunca me preguntó si me molestaban o era acosado. Creo que ella creía que eso eran invenciones de la televisión.

—Lo siento, mamá. No me fijé en una piedra —respondí tratando de sonreírle.

—Debes proteger tu cuerpo. Tú sabes que sólo tenemos uno. No podemos perderlo... —me dijo la misma cantaleta que siempre soltaba cuando pasaba algo.

—Perdón por hacerte terminar tu llamada... no quería asustarte —le dije, ella guardaba las cosas en el botiquín para colocarlo en su lugar en uno de los cajones, acomodado y alineado.

—No lo hiciste, tontito. Ve a lavarte las manos y ayúdame a poner la mesa.

—¿Con quién hablabas? —pregunté para evitar que me cuestionara la razón por la que no estaba con mi padre en la tienda.

—Una amiga... —respondió tajante. De la misma manera que hacía cuando mi papá preguntaba si había fumado. No pregunté más. Si ella no me cuestionaba mis cosas, yo tampoco lo haría. Coloqué platos, cubiertos y vasos en la mesa para ver qué desastre gastronómico nos tendría preparado esa noche.

Mamá era callada. Creo que en eso se parecía mucho a mí. No era una cotorra como Margarita, o un parlanchín social al estilo de papá. Cuando hablaba con sus amigas, en realidad escuchaba. Movía la cabeza aprobando o desaprobando lo que le decían. Y nada más. Nunca daba su opinión o agregaba algún comentario. Supongo que como yo tenía su propio mundo en la cabeza. Ideas que atesoraba y no mostraba a los que la rodeábamos. Tal vez ese factor nos unía en un sentido extraño. Nos abrazábamos, nos dábamos besos, pero nunca nos decíamos cosas como "te quiero". Las palabras dichas al aire tienen fecha de caducidad, por eso era mejor demostrarlo.

Su mejor amiga era la señora Claudia Fierro, una elegante mujer que me daba clases de dibujo. Un caso especial en el pueblo, pues vivía sola y estaba divorciada. No parecía importarle que la gente hablara a sus espaldas ni que la tacharan de llevar una vida libidinosa. En general, parecía a gusto consigo misma, con su cuerpo, su vida dedicada al arte, su edad o sus amigas como mamá. Era la única mujer que me gustaba del pueblo. No sé si estaba enamorado de ella, pues creo que el deseo y el amor se confunden en esa edad en que empieza a salirte el vello. Pero no podía dejar de saborearme sus caderas o su cabellera rizada mientras daba las clases de pintura. Era excéntrica y hablaba con frases rimbombantes. Era una gran lectora, cosa que me agradaba aún más. Con todas esas características, no comprendía cómo podía tener una relación con la silenciosa de mamá. Tampoco preguntaba mucho, pues mientras me pagaran mis clases de dibujo, yo podría seguir viéndola. Con eso era más que suficiente.

Cuando nos sentamos a la mesa llegó mi padre y Mago tuvo que salir de su madriguera. Hablamos de los sucesos de ese día. No hubo un solo comentario sobre el desagradable evento en la ferretería con el señor Romero. Papá ni siquiera comentó sobre cómo éste atacó sin razón al pobre de Isaías. No, hablamos de dos eventos que se consideraban más importantes: el juego de futbol donde Aquiles, el novio de Mago, jugaría y la llegada del convoy de ancianos al pueblo.

—Son un club que hace campamentos. Me dicen que están viajando por todo el mundo. Son gente retirada. Rentaron el terreno baldío de Álvaro, al lado de la gasolinera. Van a quedarse ahí unas semanas.

—¿Qué hacen en el pueblo? —cuestionó Mago mientras mamá servía algún revoltijo que llevaba huevo y carne, pero yo no lograba distinguir los otros tres ingredientes.

—Es lo que todos se preguntan. Aquí sólo hay maíz… Valmonte me platicó que son extranjeros. Él, que también lo es, se acercó para ver si encontraba a alguien de Portugal —narró mi padre comiendo el platillo que mamá había preparado, confirmando que aun si se tratara de clavos fritos, se lo hubiera devorado. Era el secreto de su relación: a él no le importaba que la comida fuera buena, sólo que fuera comida hecha en casa.

—¿Y no vienen muchachos con ellos? —de inmediato sacó Margarita.

—Deberías de verlos, son realmente viejos. Parecen momias… —bromeó papá.

—¡Rey, no seas grosero! —vino el corrector de mi madre. Yo aproveché el momento para darle mi porción de comida a Elvis, que la husmeó sin probarla, corroborando la baja calidad del experimento culinario.

—Lo siento, pero así es… momias… vejetes…—continuó papá divertido con sus definiciones. Nunca he entendido por qué los viejos son blanco de bromas en los chistes. Casi todos, con connotaciones de impotencia sexual. Es como si fueran ciudadanos de segunda, que no merecen respeto.

—¿En el terreno al lado de la gasolinera? —cuestioné intrigado por esos repentinos recién llegados.

—Así es. Valmonte los vio. Encontró a una mujer hindú y un par de rubios que cree alemanes. Parecen gente decente, pero habrá que tener cuidado. Nunca se sabe con desconocidos.

—No me gustan —murmuró mamá. Papá no dijo nada, sólo movió la cabeza aceptando el comentario.

De pronto, se oyó el timbre. Margarita dio un salto a la puerta para abrir, como si supiera de quién se trataba. No fue difícil deducirlo, pues había creído escuchar el murmullo de un poderoso motor de un automóvil acercarse. Un sonido muy especial, que sólo tenía el Dodge amarillo de Aquiles. Al abrir la puerta, el muchacho estaba plantado ahí, con un bote de helado en la mano y su estúpida sonrisa en el rostro.

—Buenas noches, familia… —comentó saludando después de dejarse besar por mi hermana. Mi padre alzó los ojos y saludó con un ademán, mamá de inmediato se paró para hacerle un lugar. Se desvivía por atenderle, creo que estaba más enamorada de él que mi hermana.

—Hola, Aquiles —saludé. El chico me alborotó el cabello como si fuera un crío, colocando el helado frente a mí.

—Traje el postre, señora Rey.

—Siempre tan amable. ¿Cómo están tus padres? —preguntó mamá sirviéndole la cena mientras papá la miraba de reojo detrás de su periódico. Aquiles de inmediato devoró todo con gula, mientras Mago colocaba las bolas del helado en cada plato.

—Muy bien, les mandan saludos. Papá ha estado en la ciudad trabajando, llega el fin de semana. Podré tener más tiempo libre para verte, Mago.

—Pensé que entrenarías para el juego. Por eso hice planes con mi profesor de teatro. Estamos montando una obra. Es un musical —explicó desilusionada Margarita.

—Te esperaré cuando salgas de los ensayos —indicó alegre Aquiles. Yo aproveché que todos estaban ocupados para robar una bola extra del helado y servirla a Elvis, que la disfrutó moviendo la cola.

—¿Vieron a los vejetes que llegaron? Son unos tipos raros ¿no? —opinó Aquiles, pero para él cualquier cosa fuera de su círculo era raro.

—Extranjeros —le dije.

—Sí, la gente de afuera no me gusta. Vienen a imponer su vida. Aquí tenemos una buena vida —dijo, de nuevo agitando mi cabello. Me molestó más la segunda vez. Pronto, nuestra plática cambió al futuro juego de Aquiles donde se definirían las paraestatales de ese año. Un tema que me importaba tanto como el nivel económico de los plomeros en Singapur.

La cena terminó. Papá se sentó a ver los noticieros al lado de mamá y Mago se colgó de la línea telefónica con alguna compañera de la escuela mientras Aquiles jugaba su videojuego portátil. Como no había mucho interés de ellos en mi persona, decidí salir acompañado de Elvis al terreno del señor Álvaro para reencontrarme con esos turistas ancianos. Afuera estaba estacionado el bello auto de Aquiles, el Dodge 1965 color canario. Toqué la capota, y sentí caliente el metal, como si estuviera vivo. Era un automóvil hermoso, el sueño de cualquiera. Tomé mi bicicleta y pedaleé hacia allá ayudado por una linterna de baterías y los ladridos de mi perro.

El convoy se había acomodado en el terreno del dueño de la gasolinera. Era una gran planicie que se utilizaba para las ferias del pueblo, cuando llegaban los circos, o para algún evento que requiriera espacio para albergar más de veinte personas. Las casas rodantes estaban estacionadas de manera dispareja, como si un gigante las hubiera dejado olvidadas. Había tres fogatas y algunos asadores portátiles donde freían carne. La mayoría de los ancianos permanecían en sillas plegables, charlando entre ellos.

Me cubrí con la maleza de una loma para poder espiarlos, pero Elvis no dejaba de ladrar emocionado. Mi perro estaba tan excitado que parecía haber visto al gato del vecino, al que consideraba un archienemigo.

Permanecimos entre la hierba alta que crecía alrededor del claro viendo con la iluminación que procedía de la luna y de las fogatas de los campamentos. Trataba de ver algo, lo que fuera y así poder saciar la curiosidad que había nacido en mi interior por esos visitantes. De pronto, con el movimiento de la hierba, entre el pasto emergió una nariz húmeda. Elvis se volvió loco, ladrando y gruñendo: pero nunca se apartó de mí. La nariz tenía un dueño sorprendente, una zorra. No mayor que mi perro, pero con terso pelaje claro. Sus ojos eran oscuros, imitando la noche. Una argolla negra en su cola pálida la hacía ver más singular. La zorra se quedó mirándonos, olisqueando el ambiente, mas no hizo otro movimiento. Cuando se aburrió de mí y de mi perro, de un brinco volvió a perderse entre el forraje.

Hasta ese momento Elvis se calmó. Yo permanecí recostado, mirando hacía el campamento improvisado, cuando una voz ronca que asemejaba una podadora, gritó:

—¡Vaya, chamaco! Tu perro es todo un centinela. Te defiende del peligroso enemigo que te va a atacar por la espalda…

Era un viejo que estaba detrás de mí. Parecía imposible que hubiera llegado hasta ahí sin que lo hubiera escuchado, por eso me tomó de sorpresa. Me incorporé de un salto. El anciano no era más alto que yo. Con una cara alargada, desproporcionada para su cuerpo. Calvo como una bola de boliche. Su cráneo desnudo era un plantío de lunares. Algunos cabellos rebeldes salían atrás en la nuca. Blancos, pero no brillantes tipo de Santa Claus, sino deslavados. Dos cosas me llamaron más la atención del anciano: tenía una gran nariz aguileña, y le faltaba el brazo derecho. A la chaqueta que vestía, le había doblado la manga con un seguro metálico para que no bailara. Era una chamarra del ejército, en colores de camuflaje. No portaba decoraciones ni nombres, aunque se notaba que en algún tiempo las había portado por las manchas en la tela. Su indumentaria terminaba con un pantalón bombacho y botas tipo militar de agujeta alta. No cabía duda de que había sido soldado en tiempos pasados.

—Hola… —logré decir nervioso.

—Buenas noches, *scout*. Es un paraje desolado para un chico, ¿acaso te mandaron en una misión de reconocimiento, soldado?

—Buenas noches, señor… Mi nombre es Raymundo Rey… Ray.

—¿Soldado Ray? Bien hecho, has encontrado la base del enemigo. Es una pena que no supiste cubrirte bien. Podrías haber usado camuflaje. Ahora tendré que matarte para que no nos delates… —susurró como serpiente, terminando con una amplia sonrisa al decir "matarte". Me quedé petrificado, helado de terror. Nunca, nadie me había dicho algo similar. Desde luego, los hermanos Leonel decían a cada rato "te voy a matar". Pero ese viejo lo dijo distinto. Sin sentimiento ni odio. Como cuando en verdad se mata a alguien en la guerra, pues es su trabajo. Eso fue lo que sentí: un gran escalofrío porque sabía que podría arrancarme la vida.

—Yo... yo no quería... —logré balbucear, conteniendo mis ganas de orinarme en el pantalón.

—No, nunca se quiere. Así es la guerra. No te gusta matar, pero tienes que hacerlo. Es la naturaleza del guerrero —explicó colocando su mano buena en mi hombro. Supongo que sintió que yo temblaba de miedo, pues la retiró de inmediato, mas no se le borró la sarcástica sonrisa del rostro—. Tengo una mejor idea, soldado, puedes ser un doble espía. Así, te unirás también a nuestras filas, y trabajarás para nosotros. ¿Qué opinas?

El viejo dio media vuelta, haciéndome una señal de que lo siguiera. Sacó una taza metálica de su bolsa del pantalón. Y tamborileo con sus dedos sobre ésta, silbando una canción que sonaba conocida, mas no lograba recordar su nombre.

—¿El soldado Ray desea algo de té? Acompáñame a mi casa para ponerle un poco del veneno que destila ese indio idiota. Pedro es un salvaje pero es buen tipo.

—Gracias... —dije y lo seguí. Visto desde ahora, no comprendo por qué acepté algo de un desconocido. Son el tipo de cosas que tus padres te dicen una y otra vez que no hagas, pero que cuando llega el momento, lo borras de la cabeza. Lo veía viejo. En nuestra percepción, los ancianos son niños. Gente que no hace daño. Lo que es un grave error, pues pueden ser acosadores o asesinos. Mas yo, Raymundo Rey, seguí al hombre en chaqueta militar como si fuera un viejo amigo.

En un momento del camino, Elvis se detuvo. Comenzó a ladrar, indicándome algo que desconocía. Sólo una vez lo había visto así: cuando persiguió a un mapache atrás de la casa. Al ver que estaba muy nervioso, lo tomé de la correa y lo amarré a un poste. No lo deseaba husmeando alrededor de los visitantes y que hiciera algún destrozo del que me pudiera arrepentir después.

Caminamos hasta su remolque, que estaba a la orilla del grupo, sin darle importancia al arranque de mi perro. Era un viejo transporte de aluminio, con líneas redondas a manera de zepelín. Nunca había visto uno igual en persona, pero sí los recordaba de viejas películas. Era una hermosa pieza de diseño a pesar de verse maltratado. Frente a él, había una hoguera donde hervía una jarra de té que soltaba vapor con un silbido constante. Tenía un par de sillas plegables alrededor del fuego. En una de las tumbonas, había una diminuta mujer regordeta con un traje amplio, un mantón de tela florida y un ridículo sombrero de ala ancha adornado por flores de papel. Su rostro era un círculo completo con prominentes cachetes que aprisionaban una diminuta boca. Los ojos rasgados se perdían en la piel y su abundante cabello gris estaba controlado en un chongo.

—¡Ea! ¡Amarilla! He descubierto un soldado espía. Debemos quitarle las armas y lavarle el cerebro para que pelee de nuestro lado, ¿qué opinas? —soltó el viejo que me encontró. La mujer no se sobresaltó, sólo lo miró con una leve, casi imperceptible sonrisa. Otra mujer apareció desde las sombras. Era de piel oscura, lo que resaltaba más su cabello blanco. Muy delgada. Sus brazos desnudos parecían varas de madera. Vestía con manto hindú.

—Deja al chico, se ve asustado… Eres un viejo loco y, además, estás borracho —le reprendió y se sirvió en una taza de la tetera que estaba en la hoguera. Una nube de vapor la envolvió, haciendo brillar sus profundos ojos negros.

—¡Es la guerra, mujer del demonio! ¡La guerra es la que me destruyó! —empezó a gritar el manco. Pero sin duda era un montaje sarcástico, pues bailaba alrededor de ella cual loco. La mujer se limitó a mover la cabeza desaprobando su arranque.

—No le hagas caso, chico... —explicó la mujer hindú—. Martin se pone borracho y delira que los tanques o los aviones nos atacan. Es un viejo trastornado, pero no muerde.

—Quizá si le damos algo del asqueroso té verde que hace la Amarilla suelte sus planes secretos —gruñó el calvo sirviéndose también un poco de té. La anciana regordeta hizo una reverencia. No sonreía.

—Un placer conocerlo, visitante honorable es usted —me dijo. Yo estaba alejado de la fogata. Di un paso más hacia atrás. El olor a orines rancios de los viejos no me daba certeza de que estuviera en un lugar seguro.

—¿Dónde está ese indio? Necesito más de ese licor endemoniado que trae... ¡Quiero tu bebida que trae gusano! —le dijo el viejo con la casaca militar.

Del tráiler plateado salió otro octogenario. Abrió la puerta del remolque dramáticamente, como si hubiera practicado su entrada. El nuevo hombre me aterró. A diferencia de los otros, tenía un aspecto abrumador. Era dueño de una gran altura e imponente silueta. Su pelo era largo y grasoso. Canoso, casi todo. Peinado hacia atrás, como si fuera una cascada de melaza descolorida. Su cara estaba arrugada y picada por viejas cicatrices de espinillas. Su torso, desnudo, era todavía musculoso y firme. Un intento de bigote le salía de cada lado de la boca sin llegar a cerrarse en medio. Su amplia quijada terminaba con una ligera piocha de pocos pelos en la barbilla. Sus rasgos eran indígenas. Llevaba un pantalón amplio de manta, parecido a los que usan los maestros de yoga, y una toalla en el hombro. Para mí, asemejaba a un viejo *hippie* con todas esas pulseras y collares de caracoles en su persona. Un tatuaje con un símbolo prehispánico decoraba su torso seco. Era la representación de algún animal, pero no lograba distinguirlo entre el complicado diseño.

—Eres un asqueroso vomito andante... Una mierda que desechan los toros y ni los zopilotes comen... —dijo el viejo indio.

—¡Vamos, indio de mierda! No seas mojigato. Tú comes corazones crudos... Yo sólo bebo en honor a nuestros guerreros —respondió el calvo, alzando su taza.

—La guerra no es un juego, es un don. Los humanos pelean por lo que desean, no pastan en el campo fornicando y cagando. La guerra se hace para alcanzar el paraíso... ¡Pero tú fornicas en ella! Te cagas en este edén que han conseguido los hombres —declamó el anciano del tatuaje como si fuera un discurso político. Eso no ayudó a tranquilizarme, al contrario.

—¿Tienes gusano, compadre? —cuestionó ahora sumiso, con un guiño de complicidad. El gran hombre de pelo largo entró de nuevo al tráiler, y salió con una botella tapada con corcho.

—La última, miserable corruptor. La última copa para ti —explicó, sirviéndole en su taza. Cuando se volteó hacia mí, me ofreció también de su botella. De inmediato interpuse mi mano para impedirlo. Creo que vio mi cara de terror, pues guiñó el ojo divertido por su travesura.

La anciana oriental del exótico sombrero de ala ancha me entregó una taza de té humeante. Algo me atraía y me repugnaba en ese lugar. Como cuando sabes que haces algo malo, pero te gusta. Supongo que puse la cara que ponía mi mamá cuando a escondidas fumaba un cigarro detrás de la casa.

—Historia tú tendrás. Té, tómalo. Platícanos al fuego de frente... Nos gustan las historias. A todos —dijo la mujer regordeta.

—Gracias, señora —respondí sin sentarme.

Bebí un poco del té. Era amargo y fuerte. Lleno de aromas extraños. No me gustó. Supongo que hice un gesto de desagrado porque el militar me dio una palmada en la espalda.

—¡Déjalo si no te gusta! Los amarillos no saben tomar nada. Comen pescado crudo y nabos extraños. Yo lo cambiaría por un buen vino rojo de las uvas del mediterráneo. Pero me conformo con esa porquería de gusano que hace Pedro…

Sólo bajé la taza y traté de ser amable haciendo conversación:

—¿Han viajado mucho?

—Una eternidad, chico… —respondió la mujer hindú.

—Al principio fue divertido, pero después la gente ni siquiera voltea a verte. Es como si fuéramos un estorbo. Pero aún tenemos fuego que ofrecer a todos, ¿verdad, compadres? —completó el indígena, bebiendo de su botella un gran trago. Pude ver que en ella flotaba un gusano.

—Gracias por el té, pero mis padres deben estar preocupados —comenté devolviendo la taza a la mujer y alejándome con pasos nerviosos hacia atrás.

—Date la vuelta cuando quieras, soldado —oí que me dijo el viejo militar. Giré sobre mí y, con zancadas de medio kilómetro, llegué a donde me esperaba Elvis amarrado al poste. Monté en mi bicicleta y sin dejar de pedalear ni un segundo, regresé a casa. No volteé una sola vez.

7

He manejado durante varias horas. Necesito algo de comer, un escusado para sacar los veinte litros de más que mi cuerpo carga, y una cerveza fría. Supongo que lo segundo es lo más urgente. Seguido de la cerveza, claro está. Al ver el anuncio de la gasolinera de Álvaro me detengo en búsqueda de un baño. La sorpresa que me llevo es inmensa: no está el viejo anuncio oxidado ni tampoco las bombas despachadoras de gasolina que parecían de tiempos del paleolítico. Al contrario, me encuentro con una estación de servicio de lujo, iluminada toda con luces de neón, cual cabaret barato de barriada. El lugar está tan limpio que considero mudar mi cocina allí. No hay ni una mancha de aceite y los empleados visten un overol naranja que podría ser visto desde un satélite en el espacio exterior. Son eficientes y serviciales, precisión que nunca conocí en mi pueblo. Del local del viejo Álvaro no queda nada.

Después de vaciar mi vejiga, regreso a llenar el tanque del automóvil. Me pongo a charlar con los empleados. No sueltan su enorme sonrisa, esperanzados de una buena propina. Al preguntar por el tuerto Álvaro, me comentan que no saben bien la historia, pero que una trasnacional compró la estación cuando murió de cáncer en la próstata. Esos millonarios que habitan cajas de cristal en ciudades tiraron el chiquero que era la vieja gasolinera y construyeron una nueva. Desde luego, agregándole todas las comodidades que un hombre moderno necesita: baños limpios, una tienda de conveniencia y dos gigantescos refrigeradores llenos de refrescos dispuestos a provocar caries a cualquier incauto. Vendían pastelitos endulzados y papas fritas de marcas internacionales, revistas con las fotos de los artistas de moda y camisetas hechas en China. No había ni un rastro de productos locales. Ni la sombra de las famosas frituras de Totopos García.

Todos los estantes estaban repletos de mercancía en coloridas letras con nombres extranjeros. Los mismos que encontrarías en Hungría, Singapur o Belfast. El futuro se materializó en Villa Sola. Me limito a darles una propina y cerrar la boca para que los empleados no crean que estoy loco. Me monto al automóvil y continúo. Sin embargo, el panorama también se transforma: ya no hay maíz. Ni un solo plantío. Sólo hileras de carpas metálicas cubiertas de plástico transparente.

Al parecer, según me indican los letreros, son plantíos controlados de jitomate. Con grandes lámparas de luz en el interior para atolondrar a las plantas y hacerlas creer que el día es eterno. Una lámina informa que es propiedad de otra compañía internacional, una que se dedica a hacer salsas enlatadas. Lo único que persiste del paisaje es el enorme letrero oxidado de Totopos García. Un chiste cruel, pues parece que aún no se deciden a quitarlo a pesar de que su imagen se ha perdido entre la suciedad y el óxido. Luego, me sorprende que la famosa torre de la iglesia apenas logra vislumbrarse por otros edificios que compiten en altura. El panorama ya no es de un pueblo de tejas y losas inclinadas. Ahora es una orgía de alambres que cruzan entre edificios recubiertos de cristal. Construcciones sin personalidad que temerosamente se limitan a reflejar lo que tienen enfrente en sus caretas de vidrio. Éste es mi pueblo: una pequeña ciudad con oficinas y tiendas de franquicias en cada esquina.

Conduzco hasta el barrio donde está la casa de papá. Antes era el fraccionamiento de moda. Una nueva sección de la ciudad para los jóvenes comerciantes o profesionistas que no vivían del campo. Ahora parece un barrio cualquiera. Algunas pintas en las paredes de las casas me confirman que Villa Sola empieza a tener los problemas de una aglomeración urbana. Lo único que parece mejorar son los árboles, que ahora han duplicado su tamaño, ofreciendo sombras en los patios. Me gusta el color con el que han decorado la zona: verde fresco.

Detengo mi auto y entro a la casa. Aún tengo mis llaves. Por un segundo, dudo si funcionarán. Sorprendido, veo que la cerradura cede sin problemas. Papá, tras veinte años, nunca cambió la chapa de la entrada. Eso era seguridad.

Hay un par de bicicletas recargadas en el muro, recordándome que en esa casa hay de nuevo niños: los dos hijos de mi hermana. Cruzo la sala hasta salir al patio trasero para encontrarme con Mago. Estoy seguro de que me espera en los escalones traseros, donde mamá se sentaba a fumar. Margarita se ve diferente. Su pelo miel ahora es color caoba. Siempre cambió el color en busca de rehacer su vida cada año. Junto con el tono de su cabello, se iba también su pareja. Esta vez escogió un tono ahumado, que hace ver su piel más blanca. Sus ojos siguen siendo bellos, pero están enmarcados con varias arrugas. Los labios de melocotón también. Su cuerpo ha sido esculpido generosamente, pero lo esconde bajo unos ridículos pantalones de mezclilla que hacen ver su trasero del tamaño de un estadio de futbol. Lleva una playera tipo polo color morado.

—Hola, guapa —digo alzando la mano en un saludo tímido. Ella suspira al verme. No se levanta, continúa dándole chupadas a su cigarro, igual que hacía mamá en las tardes cuando creía que nadie la veía. Me sorprende el parecido que tiene con nuestra progenitora, sentada ahí, con toda su vida cargada en sus hombros, tratando de expulsarla con el humo.

—No puedo creerlo. ¡Te dignaste a regresar! Por años te aferraste a tu ciudad y, ahora, el hijo pródigo ha regresado —comenta alzando sus ojos para clavarlos en los míos.

—No es por gusto. Me dijiste que era importante... —admito. Ella conocía mi reticencia a regresar a Villa Sola. Me senté a su lado, mirando el jardín descuidado de mi antigua casa. La cuestiono—: ¿Cómo está el rey?

—Tenemos días buenos y otros malos. No ha sido fácil, Ray. Al menos, no para mí.

—¿Me vas a echar en cara que no estuviera aquí? —me pongo a la defensiva. Sabía que, tarde o temprano, llegaría la condena por no ayudarla con la enfermedad de mi padre.

—No... Lo siento. Fue rudeza innecesaria —explica Mago moviendo negativamente la cabeza desaprobando su propio comentario. Mi hermana arroja la colilla de su cigarro al patio. Cae entre la hierba alta, agonizando en cenizas—. Debería estar contenta de que estés aquí. Debería de abrazarte y besarte. No sé por qué siempre peleamos...

—No es cierto, guapa. Tú sabes que eso no es verdad. Peleamos porque nos queremos, ¿no es así? —explico con una sonrisa emulando un anuncio de una pasta dental. Estiro mi brazo para pasarlo por su hombro y abrazarla. Al tocarnos, la siento cálida. Es el hogar.

80

—¿De veras lo crees? —murmura con los ojos cargados con lágrimas. Pero no se derraman, permanecen aferradas a sus pestañas.

—Claro que no. Siempre digo que mi hermana es una psicópata que desea matarme. Es la razón por la que no he vuelto a casa —comento sin soltarla. Mi hermana, al escucharme, se libera de mi abrazo con una risa:

—¡Pigmeo tonto!

Se limpia esas lágrimas que se mantuvieron en el filo. Igual que mamá sabía contenerlas. Era buena en eso. La práctica.

—¡Qué delicia! Casi olvidaba el placer de ser maltratado por mi hermana mayor. Por favor, vuelve a decir pigmeo. Creo que casi alcanzo un orgasmo.

—Eres un idiota, Ray —murmura girando su rostro para verme. Ha perdido la tristeza. En sus ojos está el brillo que me gustaba y que me ofrecía de niños cuando jugábamos en la playa.

—Te ves bien, en serio… Me gustas más así —le elevo el espíritu. No miento, se ve mejor. Ha rellenado con inteligencia su cuerpo y siempre tuvo un rostro de portada de revista. Estaba convencido de que ese cabello oscuro a los hombros haría voltear a cualquier hombre del pueblo. Era una mujer bella. Y la inteligencia que obtuvo por los golpes de la vida le dio un nuevo atractivo.

—Gracias, dices eso porque me quieres hacer sentir bien, hermanito. Pero estoy gorda.

—Desde luego. El mismo sobrepeso que sufre Jennifer Aniston o Shakira… ¡Vamos, mujer! ¡Tienes curvas de nuevo! Las mujeres deben tener curvas. No sé quién decidió que deben tener cuerpo de tabla de madera. Déjame decirte algo, si yo tuviera tu cuerpo, me estaría tocando todo el tiempo.

—Eres un pervertido, Ray. Que no te oigan los niños —me llama la atención. Señalándome con el dedo como una madre que castiga a su crío.

—No diré nada. Sólo les mostraré la colección de revistas porno y un sitio en internet para depravados sexuales. Recuerda, soy el tío preferido —va de nuevo mi sonrisa. A ella le encanta. Adoro que ría de mis tonterías. Algo que nunca pensé que sucedería cuando éramos niños.

—Bueno, no tienen muchas opciones. Eres tú o tú —explica levantando sus hombros. Las pecas de las mejillas parecen guiñarme coquetas. Suspira, sacando un nuevo cigarro, que termina entre sus labios. No lo prende por consideración a mí. Sabe que no me agrada. Se lo agradezco en silencio—. Me gusta hablar contigo. A todo le encuentras un lado gracioso. Aunque estemos nadando en mierda… Había olvidado reír, Ray.

—A eso vine, Mago… A eso vine. Bien, vayamos a ver al jefe —comento levantándome de las escaleras. Miro hacia adentro de la casa, donde sé que mi padre descansa en su cuarto.

Ella no alza la vista, se limita a buscar en sus pantalones su encendedor. Antes de que yo entre, comenta como si dejara las palabras olvidadas en el aire:

—Ray…

—¿Sí?

—No te decepciones si no es lo que crees.

—Nunca.

—Es peor.

Entro a la casa. Se siente vacía, sola. Está como la dejé: con las fotos mías y de Mago enmarcadas en la pared de la sala. Sonrisas chimuelas, mirando al frente sin comprender lo que nos esperaba vivir. Al centro del muro, una reproducción barata de alguna ciudad mojada, donde las luces se reflejaban en los charcos. En la mesa, la desagradable colección de figuras de porcelana con personajes del periodo de la Regencia. Mamá adoraba a Jane Austen. Una de las figuras con el brazo roto y mal pegado con adhesivo amarillo. Sí, era mi casa.

Subo las escaleras de puntitas, como temiendo hacer ruido. Entro al cuarto principal, y me detengo en el umbral para ver a mi padre acostado. Ha perdido mucho peso. Su cara es una pasa arrugada. Sus potentes brazos ahora son varas. Su mostacho vivaz apenas es una línea gris. El pelo casi desapareció y el pecho se levanta con su respirar entrecortado. De la nariz salen unos tubos, conectados a un tanque de oxígeno: papá está muriendo.

—¿Raymundo? —balbucea girando su cara.

—Soy yo, papá —respondo tomándole la mano con cariño.

—Debes entregar un pedido al señor Romero. Nos habló en la mañana. Ve por tu bicicleta —ordena, delira. Cree que aún soy niño y que trabajo en su ferretería.

—Papá, el señor Romero está muerto. Debes tranquilizarte.

—No, no está muerto, Raymundo. Me habló en la mañana muy enojado. Desea su pedido. Dile a tu mamá que llegarás tarde a cenar —explica, tratando de levantarse. Con mi mano en su pecho, lo regreso a su regazo. Trago saliva y explicó con un murmullo:

—Mamá… no está.

—Sólo dile eso, Raymundo. Si te portas bien, y me haces ese favor, te regalaré esas historietas de Batman que tanto te gustan —termina papá, se acomoda y cierra los ojos. Me siento mal. No por no poder ayudarle en su delirio, sino porque lo dejé, porque hui de Villa Sola.

—Gracias Papá. Descansa, no te preocupes... Yo entregaré el pedido —me limito a decirle levantándome. Ha cerrado los ojos. Antes de volver a dormirse comenta:

—Lo sé. Siempre puedo contar contigo...

El sol estaba poniéndose, colándose entre los árboles y los perfiles de las construcciones del pueblo. Miré cómo se hundía el astro rey, despidiéndose de mí para dejar pasar la noche. Mago seguía en los escalones, fumando. No sé si era el mismo cigarro con el que la dejé o era otro. Pensé que habrían pasado ya varios entre sus labios. Entendía su desesperación al haber visto a papá en ese lamentable estado. El gran hombre que ambos admirábamos, el gigante de brazos cual palas mecánicas era ahora un cúmulo de huesos y piel yaciendo en una cama sin lograr aferrarse a la vida.

—¿Siempre está así? —rompo el silencio.

—¿Te reconoció? —cuestiona arqueando sus cejas con el tabaco equilibrándose entre sus labios.

—Bueno, sí. Pero cree que soy un niño —le respondo sin comprender la duda.

—Entonces es un día bueno.

Me quedo con mis bromas. Parece que nos han dejado caer un piano de cola en la cabeza a cada uno. El silencio impuesto por su comentario es totalitario. Los dos miramos al sol suspirando. Me limito a sentarme a su lado, tocando nuestras caderas. El olor a la nicotina me recuerda a mamá. Miro la cajetilla que descansa al lado de Mago y descubro que son de la misma marca que nuestra madre fumaba. No es difícil pensar que el vicio llegó cuando ella le robaba de sus cigarros que escondía en la alacena, dejando la costumbre de comprar esa marca: los pecados de los padres se heredan a los hijos de formas extrañas.

—¿Debo preguntar cómo son los malos? —suelto como si lanzara un anzuelo para pescar algo en el río.

—No querrás saberlo, Pigmeo —termina la conversación de manera lapidaria, dando énfasis con una nube de humo expulsada de sus pulmones, buscando un cáncer que pudiera terminar con sus problemas de una vez por todas.

—¿Volviste a fumar?

—Sí, he tenido problemas con el mayor. Pelea mucho en la escuela. El estrés me está matando. El cigarro me quita un poco las ansias de querer destruir todo. ¿Sabes? Necesita a alguien. Un hombre, así como tú tuviste a papá.

Estoy muy lejos de ser un hombre que pueda servir a sus hijos. Papá era el rey. No sólo eso, era el Rey. Yo en cambio sólo soy Ray, el escritor de historietas:

—No creo ser el mejor modelo a seguir, Mago.

—Al contrario, Ray. Eres el mejor hombre que he conocido en mi vida. Y déjame decirte algo: de ese tema, conozco mucho. Tengo una hermosa colección de amantes idiotas, perdedores, irresponsables o golpeadores en mi currículo —explica mi hermana. Esta vez, ella es la que me abraza. Lo hace abiertamente, sin inhibiciones. Como si extrañara tenerme físicamente a su lado. Siento un nudo en la garganta.

—Bueno, soy tu hermano.

—Y es una lástima,. porque creo que hubieras sido mi hombre ideal —comenta. Ahora mis lágrimas son las que desean salir. Pero me contengo. Para devolver las bellas palabras que me acaba de regalar, le doy un beso en la frente. Ella es lo que queda de mi hogar.

8

Los días de verano en mi pueblo pasaban lentamente. Supongo que era una magia espectral que flotaba en el aire de Villa Sola, pero los segunderos de los relojes corrían a la velocidad de un caracol cruzando una avenida. El día se saboreaba eterno. Las cosas, cualquiera que éstas fueran, pasaban lentamente. Eso sentí, con mayor desesperación, al día siguiente que visité por primera vez a los extranjeros. Al levantarme de una noche llena de sueños extraños, de muerte, té caliente y mucha guerra, deseaba regresar ahí, al lote con los remolques en el campo. Pero antes tenía que hacer muchas cosas. Lo primero era ayudar a mamá con el aseo de la casa. Cada quien era responsable de la limpieza de su cuarto. Y más de una vez mi hermana se quejaba de que el mío olía mal. No lo puedo negar: algunas veces mi habitación tenía el olor a las mazmorras del criminal intergaláctico Jabba el Hutt de Star Wars. No tenía explicación para ello, pero la mezcla de adolescencia y pies olorosos no son un coctel agradable. Mamá me pidió que lavara las sábanas, pasara la aspiradora al piso y dejara abierta la ventana para dejar escapar ese hedor. Mientras colocaba las sábanas en el tendedero, atrás de la casa, Mago salió a los escalones a charlar por teléfono

con alguna de sus amigas mientras disfrutaba al verme trabajar. Ella se veía feliz. Con esa sonrisa todo dientes de gato de
Cheshire. Se había colocado una falda corta que hacía rabiar
a mi padre, enseñando exceso de pierna y una playera con estampados de una corona, remarcando quién era la verdadera
reina del hogar. Lo peor era que se veía bien. Al mirarla de
reojo, mientras sacaba de la lavadora las sábanas, corroboré
que mi hermana mayor era toda una señorita. Mago colgó y
se paró junto a mí mientras se pintaba los labios de un tono
malteada de fresa.

—Al menos, no olerá a ratonera tu cama, Pigmeo —dijo
en un tono casi amable. Estoy seguro de que en su mente había un duelo de ideas: por un lado, ella creía que me hacía un
favor y, por el otro, que me molestaba cuando le dijo a mamá
de mi olor—. Así cuando te acerques a la señora Fierro, no
tendrás el tufo de león.

Por desgracia, Margarita había descubierto que me gustaba mi maestra de arte. Con eso me había hecho la vida una
pesadilla. Hoy ni recuerdo cómo logró enterarse. Si fue por
haberlo leído en alguno de mis cuadernos o que se lo hubiera
dicho en algún desliz mental. Mas no importaba, era su esclavo
de por vida o se lo diría a todo mundo.

—Ella nunca se ha quejado como tú.

—Lo sé, pues robas de la colonia de papá cuando vas a sus
clases… —de nuevo la sonrisa de oreja a oreja.

—No es cierto.

—Lo es. Papá se quejó de que se está acabando su perfume. Es porque te bañas con él, enano —repuso mi hermana,
terminando su decoración labial.

—Y tú usas los cosméticos de mamá. Ella me lo dijo. Además, ya sabes que no le gusta que te pintes los labios. Dice

que te ves como una cualquiera —le lancé la estocada por haberme hecho trabajar.

—¡Eres un imbécil, Pigmeo! —gritó. Punto final de la confrontación. Mi hermana no daba para más en una confrontación verbal. No había ningún tipo de discusión cerebral. Sólo gritos. Por ello, ahí terminé el asunto, preguntando:

—¿Vas a salir con Aquiles de nuevo? No sé qué le ves a ese cabeza hueca. Sólo sabe correr cuando tiene un balón entre sus piernas... —era poco inteligente decir esto, pero estaba dolido. En verdad lo dije porque pensaba que aunque Margarita tenía el cerebro de una hormiga, merecía algo mejor que ese tipo vacío con automóvil bonito.

—¿Tú qué sabes de esto, sabelotodo? ¿Ya viste que hay en tus sábanas? ¡Superman! ¡Eres como un niño chiquito! Seguro apestas porque necesitas pañales... Déjame decirte algo: crees que porque lees eres superior a nosotros, pero estás equivocado. Yo tengo talentos. Y mejores que los tuyos. Me lo dijo mi maestro de literatura, Fabián. Por eso, Aquiles y yo nos casaremos. Un primo de él le dará un trabajo como cajero en la ciudad. Ahí podré estudiar para modelo y ser famosa...

—¡Excelente idea, hermanita! Mándame unas fotos autografiadas cuando estés en la cumbre de mierda... —repuse. Claro que no vi que estaba maltratando sus sueños. Mi hermana no sabía responder con palabras, pero sí con golpes: se acercó a mí y me golpeó en el pecho. Me dolió.

Seguía sobándome cuando escuchamos el claxon del auto amarillo con líneas negras. Aquiles, nuestro jugador estrella, llegaba por su hermosa princesa cual príncipe montado en corcel. Ella me lanzó una mirada de odio. Se perdió en la casa. Minutos después, la vi treparse al automóvil entre risas. Ni siquiera me regaló una mirada al partir. Era nada para ella, una molestia con la que debía convivir noche y mañana. Creo que así me miraban todos.

Así era la cosa: ella perdería todo el día con un bueno para nada, y yo me quedaría ayudando a mamá y papá. La vida no era justa. Pero nunca dijeron que lo sería cuando llegué a ella.

Con las esperanzas lapidadas en mi situación actual, me senté en las escaleras traseras suspirando. Noté que no me había quedado solo: por entre la reja de madera de mi casa, que dividía el lote anexo, emergió una mancha clara y oscura. Tuve que entrecerrar los ojos para que mi mente procesara lo que veía. Era un hocico puntiagudo, en colores tierra y negro. Dos filosas orejas, terminando en punta, se levantaban astutas: era la zorra que me había encontrado la noche anterior. Me levanté admirado, tratando de llamarla con un silbido. Mas igual que la última vez, el animal salvaje escapó de un salto vereda abajo, hacia los sembradíos de maíz que se perdían en el horizonte.

Después de las labores en casa, tenía mi clase de arte. Era a unas pocas calles de la ferretería de mi padre, por lo que era convenientemente perfecta para que al salir fuera a trabajar con él. Papá me había dicho que tenía que repartir varias entregas de la ferretería: un servicio a domicilio que ofrecía a sus clientes.

Debía entregar una caja de clavos y unas nuevas pinzas al viejo gruñón del señor Romero. Éste le había hablado por teléfono a mi padre pero no se disculpó por la escena que le había montado la otra tarde, como si aquello hubiera sucedido en otro plano existencial. Le otorgó una lista de material que requería para arreglar su casa. Desde luego, enfatizó que lo quería para antes del mediodía. Mi padre podía haber subido a su camioneta y llevarlo, pero creo que no deseaba volver a verle después del penoso evento. Cuando me dio el material para entregárselo, me pidió que no hiciera caso a sus comentarios:

—No quiero más problemas, Ray. No le tengas miedo, sólo es un viejo amargado.

Moví la cabeza, aceptando su comentario. En verdad les tenía más miedo a los hermanos Leonel que al señor Romero. Salí de la tienda sin pensar más en el tema. Pero al tomar mi bicicleta, me topé con algo que no esperaba: afuera, en la calle, estaba uno de los tres ancianos que había conocido la noche anterior. Era el viejo indio. Estaba fumando un oloroso puro, sentado en la silla del peluquero. En el mismo lugar donde Isaías descansaba por las tardes. El decano permanecía ahí con una botella de refresco de manzana abierta a un lado. El sol caía sin piedad sobre él, pero no hacía ningún intento por cubrirse en la sombra. Al contrario, parecía sentirse cómodo. Llevaba una vieja camisa floreada, abierta, mostraba sus collares de caracoles y parte de su grabado en la piel. El largo cabello lo llevaba en una cola de caballo. En la cara, usaba unos lentes oscuros rayados y sucios que parecían haber sido sacados de un basurero.

—¡Hola, compadre! —exclamó al verme, sonriendo con su dentadura amarilla y desigual—. Buen tipo, tu padre. Le compré algunas cosas para el remolque. Hablé mucho con él sobre mi gente. Sabe mucho, tu jefe…

Yo no quería acercarme mucho al anciano. De los que había conocido, éste era el que más miedo me daba. No sabía si era por su imponente musculatura, el largo cabello o sus tatuajes, pero estaba seguro de que en cualquier momento podría sacar un cuchillo del tamaño de una espada medieval y hacerme picadillo.

—¿Su gente, señor?

—Sí, los míos. Ya no quedamos muchos. Los mataron a todos. Pocos hay de sangre pura, de la de nuestros primeros padres. Hoy los que ves son bastardos. Nos engatusaron para cederles nuestras tierras. Nos quitaron todo los extranjeros, nos dijeron que era para que adoráramos a su dios, pero era mentira. Querían el dinero: siempre van por el oro… ¿Tú sabes eso, verdad? Tú estuviste en las tierras de nuestros padres. Fuiste de viaje…

—Bueno, sí —respondí, pero no muy seguro de lo que hablaba. No entendía cómo papá había podido platicar con él. Pero lo que más me sorprendió fue que le narró sobre nuestro viaje a las pirámides. Había sido maravilloso. Rentamos una camioneta y fuimos toda una semana visitando lugares maravillosos de playa y pirámides. Mi hermana y yo estuvimos tan contentos que no peleamos ni un día. Mamá y papá no paraban de tomar fotos, felices. Fue de los pocos días que me sentí alegre con mi familia. Aún tenía pegada en mi cuarto una foto movida de Margarita y yo abrazados en la cumbre de una pirámide. La había tomado mi mamá, pero como sucedía con la cocina, tampoco era buena sacando fotos. Me gustaba ver esa instantánea por la noche y recordar cuando todavía jugábamos juntos. No sólo con mi hermana, sino con toda mi familia.

—Es un lugar bello, me gustó mucho —respondí tratando de seguirle la corriente. El viejo aprobó mi respuesta expulsando una gran nube de su oloroso cigarro.

—¿Sabías que los sacerdotes aztecas hacían sacrificios humanos en las pirámides? Eran unos tipos desagradables, todos pintados de negro y con costras de la sangre de sus víctimas que no se quitaban, pues las portaban con orgullo, como heridas de guerra. Colocaban a una bella mujer en una piedra y con un cuchillo de obsidiana le sacaban el corazón. Puedes leer en los libros donde dice que éste aún latía cuando lo elevaban en su manos y lo ofrecían a sus dioses... Era un honor para esa doncella morir así. Era la máxima aspiración poder entregar el corazón a los creadores. Era como si copularan con ellos.

Miré al hombre de pelo largo con cara de espanto. No me gustaba nada el camino que había tomado esta plática. Levanté la comisura de mis labios en algo que podrían catalogar como sonrisa, pero supongo terminó en un gesto de terror. Monté en mi bicicleta sin quitarle la vista. El enorme viejo se limitó a fumar, disfrutando el aguijón clavado en mí.

—Necesito llevar un encargo de mi padre —expliqué nervioso, sin despedirme, alejándome de ahí. Sólo volteé cuando ya estaba a una distancia pertinente. Ahí seguía el viejo, fumando. Dejándose aporrear por los rayos del sol.

Cuando pasé por la iglesia el padre Marco estaba subido en una tarima, pintaba, entonces sonrió al verme, alzó la mano y me gritó:

—¡Raymundo Rey, ven un momento!.

Mientras el religioso bajaba, yo no podía apartar de mi cabeza las cosas que ese viejo me había dicho. Pensaba en los sacerdotes teñidos de negro, con el corazón saltando en su mano. Por un momento, me pregunté en qué momento esos indígenas oscuros se convirtieron en gente como el padre Marco. Ambos vestían de negro y, en cierto modo, cada semana elevaban en el altar un sacrificio a sus dioses. Uno, con un corazón humano; el otro, con un pedazo de pan. En el fondo para los ojos de los adorados no habría mucha diferencia. Un escalofrío caminó por mi espalda cuando el clérigo llegó a mí con un martillo en las manos.

—Buenos días, Ray. Necesito pedirle a tu padre una caja de clavos. Él sabe de qué tamaño, pues le he comprado otros iguales. ¿Podrás traérmelos en la tarde?

—Claro, padre —respondí. En un parpadear, por tan sólo un instante, vi al padre Marco como esos sacerdotes prehispánicos con un cuchillo en una mano en lugar del martillo, y un corazón en la otra. Abrí la boca, temblando. Pero la imagen desapareció tan rápido como llegó. Me alejé de él, asegurándome que sólo había sido una jugada de mi mente. Mas debo admitir que fue tan real que pedaleé tan fuerte como si hubiera visto un sacrificio humano.

El rancho del señor Romero, donde cultivaba las pequeñas calabazas, se levantaba en una colina. Se trataba de una vieja construcción de tabique aparente y madera que llevaba años en su familia. Tenía como emblema un viejo y oxidado tanque elevado de agua. Al parecer, era el primero de su tipo en los alrededores. En tiempos de calor, el agua podía escasear en la zona. En especial en los tiempos antiguos, en que no existía una presa que suministrara el preciado líquido. Por ello, no era difícil encontrar esos tinacos montados en largas patas de metal como si se trataran de los marcianos que H. G. Wells describía en su libro sobre la invasión extraterrestre. Al menos, eso me parecían a mí.

Compitiendo en altura, tenía un viejo rehilete de viento que servía para extraer agua de un pozo. La casa principal era de dos niveles, amplia, denotaba el éxito económico de su propietario. A su lado, un granero que ya no se usaba, pues el cultivo era cargado directamente en los camiones.

La propiedad estaba vacía, no se veía movimiento alguno en los alrededores. El silencio era llenado por el rechinar del rehilete de metal. Alrededor de la casa, rodeada de los plantíos de calabaza, había grandes láminas de metal clavadas entre los cultivos indicando datos de su siembra que parecían tumbas en un cementerio. No era un bello lugar. El señor Romero lo mantenía con el mínimo dinero, por lo que la imagen que daba era decrépita, como su dueño. Había basura tirada, y dos viejos esqueletos de automóviles oxidándose en las afueras de la casa principal. No se escuchaban aves cantando en los postes de luz, nada. Sólo el crujir metálico del rehilete.

—¡Señor Romero! —grité anunciando mi llegada para que el viejo no sacara algún arma pensando que era un ladrón de sus cosechas. Más de una vez me había enterado de que el señor Romero había disparado contra jóvenes que se aventuraban en el campo tratando de robar algunas verduras. El jefe de policía terminaba liando con el anciano, explicándole que no podía tomar justicia con su propia mano como en el Viejo Oeste. Toqué varias veces la puerta, sin suerte. Desesperado porque nadie contestaba, decidí abrir la puerta de la casa. En esos años nadie temía de la falta de seguridad. Nuestro pueblo era un lugar placentero y ninguno echaba llave si estaba dentro de casa. Así que, jalé el picaporte y entré. Mas no pude dar un solo paso. Frente a mí, a un metro de la puerta, estaba el señor Romero tirado de espaldas. Lo acompañaba un gran charco de sangre. No necesitaba comprobar su situación, sabía que estaba muerto. Varias moscas disfrutaban un banquete en la laguna roja.

El jefe de policía, Arturo Argento, llegó a la media hora, al igual que la única ambulancia de los alrededores, tan vieja que aún funcionaba con diésel. También algunos habitantes del pueblo que, al enterarse, deseaban presenciar el extraño acontecimiento. Esperaban afuera en sus camionetas, sentados, fumando y comentando anécdotas sobre el viejo señor Romero. Parecían contentos por su muerte.

Al primero que llamé por teléfono fue a mi padre. Éste se encargó de llamar al jefe de policía, y supongo que al resto de los testigos. Papá estaba junto a mí, con su fuerte mano aferrada a mi hombro, temiendo que algo tan impactante llegara a afectarme. El jefe de policía se acercó a nosotros rascándose la cabeza y haciendo a un lado su gorra de béisbol. No era parte de su uniforme oficial, sino una desgastada gorra con un equipo de la liga americana. El señor Argento era un hombre grande. Un poco más que papá. Mucho más fuerte. Con brazos de maquinaria pesada. Era el Aquiles de los tiempos en que papá tenía mi edad: el joven guapo y deportista que creían que saldría del pueblo para triunfar. Cosa que no sucedió. Una noche que se fue de fiesta con unos amigos, chocó en la carretera que iba a la ciudad. Uno de ellos murió y él permaneció en terapia para volver a caminar después de dos años, olvidándose de sus sueños. Comenzó trabajando como recolector de calabazas con el señor Romero y, cuando el licenciado Sierra se lanzó de presidente municipal, lo nombró jefe de policía. No era un empleo difícil. El pueblo sólo contaba con tres patrullas. Una la manejaba él, en las otras dos iban policías que se dedicaban a multar camiones que cruzaban por el pueblo rumbo a la ciudad. Sabía que sería lo más importante que conseguiría en su vida, por eso trataba de mantenerse en el puesto.

—Parece ser que alguien entró a robar en la casa. Al descubrirlo, pelearon. Tendremos que investigar —nos explicó el jefe Argento volteando de vez en cuando a la ambulancia donde metían el cadáver del viejo. Bajó la mirada hacia mí. Su voz era agradable, como la de un comentarista deportivo. Dio una palmada cariñosa—: eres un chico valiente, Ray.

—Gracias, señor Argento —contesté serio. Me gustó que el jefe de policía, lo más cercano a Dick Tracy, Indiana Jones o Batman, me dijera que era valiente. Era como obtener un punto extra en el juego de la vida.

—Estas cosas no pueden suceder en nuestro hogar. Quizás en la ciudad, pero aquí no —gruñó rascándose su cabello desalineado que salía hecho un caos de su azotea. Suspiró y miró a los testigos. Todos deseaban algo. Aunque fuera una parte del chisme. Como si hablara conmigo, y no con mi padre, dijo—: me encargaré de que no suceda otra vez.

—Confiamos en ti, Argento —le respondió papá. Aquél volteó al oír el comentario, como si apenas se percatara de su presencia:

—Fue muy oportuno enviar a tu hijo, ¿verdad, Rey?

—¿Que tratas de decir, Arturo?

—Tengo testigos que te vieron discutir con el viejo Romero. Sé que era un grano en el culo, pero tú fuiste el último que peleó con él.

—Isaías también. No te hagas el listo, cabeza hueca. Todos peleamos con Romero. Si deseas crear un culpable para mantenerte en tu puesto, busca otro para sacrificarlo. Yo no me voy a dejar.

—Te recomiendo que no hagas nada raro, Rey.

Mi padre no dijo nada más. Estaba molesto. Me apretó el hombro para indicarme que nos alejáramos. No le di mucha importancia, sobre todo porque en ese momento no entendí muchas cosas que guardaba esa plática. Historias entre esos dos hombres de las que después me enteraría.

Caminamos hasta la camioneta de papá, viendo a las personas que miraban, subidos en sus viejas máquinas. Fue cuando descubrí algo: una camioneta Aztek color rojo con el manco en ella, y a su lado, el viejo indio con su puro aromatizando el ambiente. Ambos me saludaron con una gran sonrisa. No me dio gusto verlos, todo lo contrario, sentí una descarga fría en mi columna.

Parte II

En la silla de montar

1

E se verano, el calor no desaparecía por las noches, tan sólo se apaciguaba cual fiera que dormitaba con la oscuridad para tomar bríos al salir el sol y seguir haciendo de las suyas en la comarca. Para cenar, después del desafortunado evento en casa del señor Romero, mamá colocó un ventilador de pie en el comedor para aliviar el bochorno. Lo consiguió en una barata en la tienda del pueblo. Sonaba como una nave espacial y apenas levantaba un par de grados el cargado ambiente de nuestro hogar.

Papá casi no tocó su cena. Yo me dediqué a expandir la comida por el plato para que pareciera que había comido. No tenía hambre. No era por la imagen del anciano muerto en su charco de sangre, sino la camioneta de los extranjeros con los viejos montados en ella disfrutando del asesinato cual audiencia fanática en un partido de futbol.

Mamá también estaba callada y molesta: el lugar, al lado mío, estaba vacío. Margarita no había llegado a cenar. Al parecer, no se había comunicado. En medio de ese desagradable silencio entre los tres, sonó el teléfono. Mi madre se levantó sin perder los estribos. Con lentitud descolgó y respondió con elegancia:

—Casa Rey... —por varios minutos no hubo más palabras. Sólo su cara se fue descomponiendo en un gesto de malestar. Por fin habló:

—Lo sé, Aquiles. Perdón por molestar en tu casa, pero tenía que saber si Mago estaba contigo.

Papá alzó la mirada extrañado, soltando su tenedor en el plato para hacerlo sonar como una campana.

—Sí, hable antes, tu padre me dijo que tenías juego. Mil gracias por comunicarte y preocuparte también. Si sé algo de ella, te aviso... —terminó mi madre. Con la misma lentitud que respondió, colgó el teléfono. Tenía los ojos cerrados. Había furia en ellos, pero también lágrimas.

Al parecer, el destino jugó las cartas, en ese momento se escuchó un auto estacionarse frente a la casa. Después, algunas risas y la puerta se abrió. Margarita llegó con la cara iluminada, como si nada hubiera sucedido. Al ver los rostros duros de mis padres, se detuvo de golpe.

—Buenas noches... —murmuró.

—Te he estado buscando, señorita —dijo mamá en tono ácido. Papá sólo bajó el entrecejo y cerró los puños. El ambiente estaba cargado de muchas cosas, pero yo no podía distinguirlo. Para mí era una pelea más entre mi familia. El postre de cada semana.

—Quizá no quería regresar. Por eso no llegué a cenar... Estaba en una clase con mi maestro de teatro. Unas amigas y yo vamos a montar una obra —respondió caminando hacia la mesa. Se colocó en su lugar, mas no se sentó—: no tengo hambre.

—Hay reglas en esta casa —gruñó mi madre.

—Es bueno que lo recuerdes, mamá. ¿Podrás decírselas a papá para que todos nos enteremos?, ¿o estás muy ocupada?

—exclamó retadora. No comprendí ese sorpresivo golpe bajo. Sabía que Margarita era una verdadera arpía cuando se lo proponía. En especial, llevaba un conflicto eterno con mi madre. Papá se limitaba a gruñir y sólo la castigaba cuando mi madre presionaba en exceso. Mas yo no comprendía el subtexto de esa confrontación. Supongo que papá tampoco, pues sus hombros cayeron y su rostro se alzó admirado. Toda la escena se terminó con una orden cortante de mi madre:

—Ve a tu cuarto, señorita. Está prohibido que vuelvas a salir de casa. —No fue una explosión nuclear. Mamá se controlaba en cada aspecto. En especial en su tono.

—Me parece perfecto, mamá… —comentó sarcástica mi hermana y alzó el dedo para señalarla—: y tú, ¿también?

Con gran dignidad nos dio la espalda. Subió a su habitación, concluyendo la discusión con un portazo. Elvis chilló del susto ante el estruendo, saltando asustado de su tapete donde acostumbraba dormir mientras cenábamos. Miré a mi madre que regresó a la mesa a recoger los platos y escabullirse a la cocina. Podría asegurar que estaba llorando. Papá se quedó mirando al vacío, desconectado de todo. Lo menos que deseaba en ese momento era permanecer en casa. Con el mínimo de palabras avisé que saldría a ver a un amigo. Montado en la bicicleta, y con Elvis detrás de mí, escapé de casa.

Pedaleé por la calle de la casa hasta la carretera. Aunque estaba oscura, el aire se sentía cargado y pesado por el extenuante calor del día. Pronto sudaba a mares por cada poro de mi cuerpo, mojando mi camisa en los sobacos y el pecho. Elvis me seguía con la lengua de fuera, implorando que nos detuviéramos por un poco de agua. Me desvié por el sendero de la salida del pueblo y encaminé por los plantíos de maíz.

Antes de llegar al viejo letrero de Totopos García, descendí de la bicicleta y continué caminando. Un resplandor se alzaba detrás de los plantíos, como si hubiera un gran fuego. Cuando se descubrió el terreno de Álvaro donde acampaban los visitantes, distinguí que varias fogatas daban ese singular fulgor. Me detuve para observarlo mejor, pues desde ese lugar, de lejos, me recordaba imágenes de tribus salvajes reunidas alrededor de un fuego. Un ruido en el pastizal me hizo voltear: era la zorra. El animalito alzó su cara, moviendo su hocico para olisquearme. Elvis de inmediato gruñó. Tuve que sujetarlo de su correa y calmarlo con caricias.

—Hola, amiga —comenté en un susurro. Nerviosa, la zorra dio un paso al frente, dudosa por los ladridos de mi perro. Elvis se sentó en sus patas traseras, tranquilizado. Esa actitud ayudó a que la zorra diera más pasos, nos rodeó pero sin retirar la mirada. Sus ojos negros voltearon a las fogatas, reflejándolas con un extraño brillo naranja. Dio un brinco y se perdió entre los maizales. Esperé un rato y solté a Elvis. No la siguió. Tan sólo me miró esperando indicaciones. Sin darle importancia a nuestro encuentro, continué caminando. En ese momento pude distinguir tres figuras a la orilla de la carretera. Estaba el viejo manco hablando con dos chicos, los hermanos Leonel. Sólo movían la cabeza, aceptando las indicaciones del calvo. Se dieron la mano para despedirse y se montaron en sus bicicletas para alejarse hacia la oscuridad. Traté de apurar el paso para encontrarme con el anciano, que al descubrirme, levantó su mano en señal de saludo.

—Nuestro soldado ha vuelto —dijo el manco con una lata de cerveza. Su cara pareció iluminarse al descubrir que era yo. Una sensación extraña surcó mi cabeza, sentí como si el anciano estuviera esperándome.

—Buenas noches... Parece que tienen fiesta, señor —le dije arrastrando mi bicicleta hasta él. Señalé el campamento, donde las hogueras se levantaban al cielo estrellado y el murmullo de las risas de los ancianos dominaba el ambiente. El hombre calvo giró sus ojos hacia sus compañeros. Levantó su lata de cerveza, brindó y bebió un gran trago. Un bigote de espuma se pintó en su labio.

—¡Claro, claro! Hay mucho que celebrar. Es un renacimiento. Por eso debes unirte a nuestro festejo —colocó su brazo sobre mí, arrastrándome hacia el grupo. Elvis se quedó atrás, ladrando. Yo no le hice mucho caso, hipnotizado por los fuegos.

—¿Y ellos? —pregunté señalando las dos figuras que se perdían en la oscuridad de la carretera. La camisa azul eléctrico de uno de los gemelos Leonel era todavía distinguible.

—¿Quiénes, soldado? —cuestionó el viejo como si no supiera de quién hablaba.

—Los chicos Leonel. Estaban aquí, hablando con usted... ¿Los conoce? —Señalé el borrón en la noche. Su rostro cedió ante una insólita sonrisa, con la mezcla de maldad encubierta y chiste absurdo. Alzó los hombros, bebiendo de nuevo de su lata de cerveza. Claramente escuché dos grandes tragos que pasaron por su garganta. Al terminar, soltó un largo y sonoro eructo. Comentó sin darle importancia al asunto:

—Sólo están haciendo trabajos para nosotros. Traen comida, pizza y cerveza fría. Son buenos chicos, ¿verdad?

No dije nada. Me dejé arrastrar por el calvo. Pensé que en cualquier momento iba a arrojar la lata de cerveza al campo sin ninguna consideración. Mas la mantuvo en su mano hasta que llegamos a su casa rodante, donde la colocó en un bote de basura. Fue un acto que no correspondía a su actitud, me perturbó por su exótica forma de ser.

La fogata donde su grupo de amigos estaban reunidos tronaba soltando chispas. La noche era hermosa y un ligero aire comenzó a refrescarla. Era una amena noche veraniega. La mujer oriental servía una bebida de una tetera que aún humeaba. Había preparado algún platillo que olía a especias y lo mantenía caliente al lado de una vasija de arroz blanco, todo colocado armoniosamente en una mesa plegable, con un mantel de estampados floridos. Al verme, sin decir nada, sirvió porciones de la comida en un plato desechable y me lo entregó:

—Festejo de ofrenda hay… Día sagrado —explicó, iluminando su cara de luna llena. Tomé el plato, agradeciéndoselo con la cabeza. No había comido en la cena, por lo que tenía hambre. Me senté en un tronco, al lado del indígena que tocaba desafinadamente una guitarra. El musculoso hombre llevaba el pelo recogido en una trenza, mostraba los tatuajes en su piel morena. Al lado de él, casi escondido entre las sombras, había un gordo. Enorme, en su mejor definición. Nunca había visto a alguien tan obeso. Leía un libro con ayuda de una lámpara de mano. Al ver que me incorporaba al grupo, alzó su cara y saludó para regresar a su lectura.

—¿Es una fiesta de su religión? —pregunté dándole una probada a la comida. Era buena, muy buena. Diferente a los platillos desabridos de mamá. Me sabía diferente, extraña. A historia añeja.

—No precisamente, muchacho —respondió el viejo, dejando su guitarra a un lado de donde estábamos asentados—. Es solsticio de verano. Nuestro amigo el sol llegó a su cenit. Creemos que eso es tan buen pretexto para celebrar como lo fue la toma de una cárcel en Francia durante su revolución o el día que nació un profeta —terminó, guiñándome el ojo.

Creo que reí, sintiéndome bien recibido y disfrutando su apetitosa comida. El viejo tomó una de las tazas y la bebió. Hizo un gesto de desagrado. Levantó del piso una botella y vació parte de su contenido para verterlo en su bebida. La volvió a catar, la aprobó lamiéndose el bigote con la lengua.

—¿Solsticio? —cuestioné.

—¿Por qué no? Eran las fiestas primordiales en las culturas antiguas.

—Olvídalo, soldado —me dijo el manco, tomando otra cerveza de un paquete que esperaba al lado de los trastos de comida, entregándomela en la mano—: bebe.

—No debo. Soy menor —respondí nervioso con la cerveza en mi extremidad, como si estuviera haciendo algo pecaminoso de sólo pensarlo. Todos rieron, hasta el gordo de al lado. No me pareció gracioso.

—¿Ya te salieron vellos en tu miembro? ¿Has eyaculado? —interrogó el excéntrico calvo colocándose al otro lado del tronco. La mujer oriental regresó a una silla plegable, desde donde continuó examinándome.

—Eso... No... Sí... —balbuceé.

—Entonces ya puedes beber. Los victorianos fueron los mojigatos que desbarataron todo diciendo que hasta los dieciocho años somos adultos. Si puedes preñar a una chica, eres un adulto —explicó el mancó abriendo la lata de cerveza que me había obsequiado para después regresármela. Brindó conmigo, dictando—: ¡Salud!

No era mi primer trago de cerveza. A veces, en las fiestas de la escuela, alguien llevaba cerveza robada del refrigerador de sus padres para repartirla entre todos. Lo hacíamos escondidos, ya fuera en un cuarto o en la parte más alejada de la casa. Una manera tonta de hacernos a la idea de que éramos lo suficientemente grandes. El sorbo supo amargo, seco. Le faltaba el azúcar de mis bebidas endulzadas, mas no era un sabor desagradable.

—Los vi en la casa, donde mataron al señor Romero... ¿Lo conocían? —pregunté limpiándome la boca con la manga de mi playera. El gigante tatuado tomó de nuevo su guitarra, dando golpes a las cuerdas de vez en cuando, pero sin dar forma a una pieza musical.

—Nos enteramos de ese desagradable evento y fuimos a ver —dijo, tamborileando sus dedos en la madera de su instrumento.

—Sí, un sacrificio —completó la anciana.

—¿Tú vas a ofrecer un sacrificio, soldado? —preguntó el viejo militar entre otro eructo. No entendí su pregunta.

—¿Sacrificio?... ¿Como si tuviera que hacer algo que no me gusta?

—Me refería a su definición más arcaica. Cuando se hacía un ofrecimiento a un dios para pedir un favor o como señal de obediencia —explicó con un tono distinto, menos pendenciero y más a la manera de un maestro. Me di cuenta de que cuando modulaba su hablar de manera tranquila, se distinguía que a pesar de su fachada salvaje, se trataba de un hombre educado. Que estaba acostumbrado a hablar en público, y que sonaba más que coherente—. Bueno, no importa, a fin de cuentas ambos son un sufrimiento para alcanzar un ideal.

—Las religiones antiguas tema de plática es, niño —informó la mujer oriental. Comprendí que había caído en mitad de alguna acalorada discusión y estaban retomándola con mi pregunta. Me sentí extraño, como pez fuera del agua. No tanto como en mi familia, pues al menos ahí, esos anormales ancianos no hacían como si yo no existiera.

—Un poco en discrepancia con ese asunto. Las personas pueden hacer el sacrificio de comer galletas de chocolate, pero no es tanto dolor como el sacrificio de que te arranquen el corazón con un cuchillo de obsidiana —completó el indígena tocando con su guitarra unos acordes de una canción, que se me hizo conocida, mas no pude recordar el nombre.

—En ambos casos, es para alcanzar la divinidad —completó el manco con un trago de cerveza en la boca.

—No entiendo. ¿Galletas de chocolate?, ¿seguimos hablando de la muerte del señor Romero?

—Los hombres desean verse bien, como dioses ¿No dicen eso ustedes los jóvenes? ¿Que por eso hacen sacrificios para verse como dioses…? —explicó el viejo al que le decían Pedro. Exhaló, volteó a ver su instrumento de cuerdas, y como descubriendo que lo llevaba en las manos, lo bajó al suelo. Colocó después una de sus grandes manos color chocolate en mi rodilla, para continuar hablando—: Antes tenían imágenes de dioses en todos lados, ahora ponen a esas modelos y actores para hacerles reverencias. Son sus nuevos dioses. Las dietas son sus sacrificios.

—La verdad no estoy muy interesado en verme como un dios. Y mucho menos en que me arranquen el corazón —de inmediato comenté. Las risas en los ancianos hicieron que el resto de los viajeros voltearan hacia donde estábamos.

—Inteligente el chico es… —murmuró la mujer regordeta para sí.

—Nadie quiere que le arranquen el corazón, pero a veces es necesario… —continuó su exposición el de la trenza, sin retirar su manaza de mí—. Los dioses se alimentan de sacrificios. Los humanos se los otorgan para ser sus favoritos. No lo veo mal... Puede ser cualquier sacrificio. Desde comer pan con vino hasta... bueno, los corazones sangrantes.

—El sacrificio humano está sobrevaluado... —volvió a intervenir la mujer, desaprobando la frase de su compañero con la cabeza.

—Sí, prefiero la cópula. Más limpio —intervino el manco, levantándose para buscar una nueva lata de cerveza. Yo di un trago a la mía, tratando de verme maduro e interesante. Supongo que me vi ridículo.

—¿Sexo?

—¡Claro, soldado! ¡Sexo! ¿Acaso no la cópula entre dos seres humanos es el ritual más bello de la naturaleza para demostrar a los dioses que los hombres valen la pena? —regresó a mi lado el anciano, rascándose su amplia calva.

—¿Ritual?

—Una misa... un sacrificio... un cántico místico... El hombre mataba animales para agradar a los dioses. Pero te voy a ser sincero: es algo desagradable, lleno de sangre y tripas entre las piedras. ¿Tú crees que si eres dios deseas un cúmulo de vísceras sangrantes? ¡No!, ¡quieres sexo! Creo que el sexo, la comunión de dos elementos en su búsqueda de crear vida, es la mayor bendición que le pueden dar a los creadores —nos expuso con cerveza en mano. La movía de un lado al otro, emocionado por su planteamiento. Varias gotas salpicaron el piso.

—Pero, señor... No siempre se tiene sexo para procrear —comenté. El alcohol empezaba a despabilarme. Sentía la lengua ligera, por lo que soltaba cualquier cosa que mi cerebro pensara. Estaba emborrachándome sin darme cuenta.

—¡Soldado inteligente! Eso lo sabemos. Pero el deseo es lo que cuenta... El deseo de crear, de poder alcanzar la divinidad de un dios que con sólo soplar el barro puede dar el toque de la vida... ¡Eso es el sexo! ¡Una sombra de los dioses!

—Crean vida, son dioses —manifestó la mujer oriental.

—Seríamos dioses también. Con el don de la vida en nuestro poder estamos en el mismo nivel ¿no cree? —solté. Cada una de esas palabras retumbó en mi cabeza, como si las hubiera dicho alguien más. Parecían ajenas a mi persona. No eran normales de un niño. Quizás, en ese instante, fue cuando me di cuenta de que ya no era niño.

—¡Eres un hijo de puta inteligente! ¡Sí, señor! El poder de la creación posee miles de caminos para llegar a éste. Magia, pero también ciencia... Si puedes crear, entonces también eres dios... Sí, estoy contigo, muchacho. Los hombres somos deidades menores —manifestó el viejo, de nuevo abrazándome con cariño. Se veía chapeado y con la nariz roja. Terminó con una risotada que asemejó el grito de un cuervo.

De pronto, el gordo que estaba entre sombras se acercó ayudándose de un bastón. El fuego iluminó su enorme cuerpo. Vestía una camiseta negra con el logotipo de Van Halen. Lo primero que me pregunté fue cómo pudo conseguir una prenda de su tamaño. Con voz aguda, intervino:

—Les he escuchado. No canten victoria, amigos. Aún no podrán sentarse al lado de los grandes poderosos. El ser dios viene unido a responsabilidades.

—Claro que implica responsabilidades, gordo metiche... —gruñó el calvo, enfrentándolo pero sin pararse de su lugar al lado mío—. Todo tiene sus bemoles. ¿A poco pensaban que la vida era fácil? Supongo que para ti sí. Sólo comer y leer.

No pareció molestarse por los comentarios agresivos. Con una sonrisa aclaró:

—En efecto, leer. Todas las historias sobre dioses tratan sobre cómo se corrompen y caen. De eso hablan las leyendas, los mitos. Hasta la biblia habla de un dios que está muerto para resucitar. Todos tentados por la carne, por el amor o por la lujuria. Dejan de ser dioses... Son, al final, como los humanos.

Un silencio molesto quedó flotando. Sólo la mujer movió la cabeza como aceptando el comentario del gordo. Pero Pedro y el calvo, molestos, le clavaron los ojos, mostrándose inconformes por la intervención.

—Una vez escuché al padre Marco que dijo que fuimos creados a la semejanza de dios, que somos una copia imperfecta del creador —dije tratando de calmar los ánimos, que se veían prendidos entre los visitantes.

—No creo eso, muchacho —de inmediato interpuso el gordo. Eso molestó más a los ancianos—. ¿Sabes lo que yo creo? Que los dioses son los que fueron creados a semejanza de los hombres. La humanidad los creó porque necesitaba un líder, una razón para vivir y morir. Tenía que tener una meta para existir. Por ello creó dioses que los protegieran y castigaran ante sus maldades, como niños pequeños en búsqueda de un tutor. Y los hicieron como los hombres, llenos de imperfecciones.

Fue cuando el calvo aventó su lata de cerveza al piso, y se levantó de un salto. Retadoramente se acercó al hombre obeso, señalándolo con su mano y levantando su amplia nariz:

—Son pedazos de mierda, gordo... ¡¿De dónde sacaste tanta bazofia?!

—Lo leí en un libro —dijo el gordo dando la vuelta y regresando a su lugar, entre las sombras. Una manera de decir que no deseaba pelear. Sólo completó en un murmullo—: un cuento de fantasía, como todo lo que es sobre dioses, ¿no?

—Señor... ¿Dios es humano? —le cuestioné al calvo que se veía más tranquilo al ver que se había retirado el lector de cuentos. Giró sobre sus pies y me miró de frente para decirme:

—Está muy lejos de serlo, chico.

—No entiendo... —murmuré volteando a verlos a los tres a la cara. Cada uno estaba con los ojos postrados en mí.

—Porque no eres dios. Ésa es la razón —dilucidó el hombre, dándome un cariño en mi cachete con su rasposa mano. Fue una sensación extraña. De genuina amistad y de bendición de un padre. Levanté mi cerveza y le di otro trago, tratando que el alcohol aligerara todos los pensamientos que se congregaban en mi mente como si éstos fueran una manifestación colocada frente a un edificio público.

2

Antes de cualquier cosa en la mañana, incluso antes de abrir los ojos, necesito un café. Es de las pocas adicciones que tengo. Claro, sin contar mi obsesión por la narración gráfica.

El café es una manera de decirme que logré sobrevivir otro día más en esta vida, que no hubo un apocalipsis zombi, no cayó un meteorito, o no se desencadenaron los demonios del infierno durante la noche. Que el mundo, a pesar de lo absurdo e idiota que es, sobrevivirá un día más. Y con él, yo. Por eso celebro con un café. No me refiero a agua negra pasada por calcetín, sino a un verdadero café, con el aroma de las semillas de las montañas donde se cultiva y el color de la oscuridad. Después de que lo sorbo, entonces sí, que venga cualquier Armagedón.

Había comprado café molido en el camino sabiendo que mi hermana bebía algo que sabía a café, olía a café, pero se trataba de polvo de pordioseros convertido en café soluble. Igual que en la película *Cuando el destino nos alcance*, pero en versión cafeína soluble. Yo bebía café real, para gente real. Así que me preparé una buena taza, colocándole el mínimo indispensable de azúcar y un chorrito de leche para aligerar la carga vespertina. Directo al cogote. Caliente, para que ni lo sienta el estómago

Más despabilado, leo las noticias en mi computadora y encuentro la nota que me dejó Mago: "Tengo junta en la escuela. Recogeré los análisis de papá. Nos vemos en la noche".

Suspirando, nervioso de sentirme inútil y flojo por no hacer nada, lavo los platos y limpio la cocina. Con delicadeza, subo las escaleras para asomarme al cuarto de papá. Está despierto, mira al techo con los ojos vacíos. Sin un dejo de sentimiento.

—¡Raymundo! —grita sin voltear ni comprender que estoy a su lado.

—¿Qué pasa, papá?, ¿deseas algo? —pregunto, dejo mi taza de café a un lado y me siento en la cama. Tomó sus manos, que se sienten delgadas y huesudas.

—¿Por qué no fuiste a entregar el pedido de la señora Fierro? Sé que te gusta... No me mientas... Ella es una bella mujer. Respétala —delira. Voltea el rostro hacia mí. Estoy admirado por lo que dice. Había olvidado a la amiga de mamá, mi maestra de pintura, hace mucho tiempo. Supe que murió de cáncer hace años. Se fue a sucumbir en una playa, donde la enterraron. No la volví a ver después del verano en que llegaron los ancianos. Después, en mis años en la universidad, crucé un par de cartas con ella. Ella fue importante para mí por un tiempo, pero después de su muerte la fui olvidando.

—Sí, papá. Te prometo que la respetaré —murmuro convenciéndolo, pero también a mí mismo. Como si supiera que soy un gran mentiroso.

—Es amiga de tu mamá. Si se entera de que coqueteas con ella, se molestará... —reprime aferrándose de mi mano con fuerza. Sus ojos cobran un ligero brillo. Luego, desaparece diciendo—: no se lo digas.

—No se lo diré.

—Buen chico… —suelta mi mano. Su escuálida cara trata de sonreír, pero no lo logra. Está marchitándose como esas flores que se dejan en el jarrón y cada día se tornan cafés—: ve a jugar. Te compraré tus revistas…

Los ojos se cierran. La boca también. Regresa a su mundo de silencio. Podría llorar, pero no lo hago. Acabo de tomar mi café y eso es suficiente para afrontar cualquier cosa. Como lo dije, hasta el Armagedón.

Me levanto, reviso su suero que gotea obsequiándole minutos de vida robada. Veo que se ha vuelto a dormir y regreso a la cocina. A refugiarme en la computadora con páginas de internet inútiles, para personas inútiles como yo.

Dos horas, y el celular llama:

—¿Hola?

—¿Cómo vas? —pregunta una voz. Es hogar, es Mago.

—No ha comido mucho. Apenas pedazos de gelatina. Pero está muy platicador. Me regañó por acosar a la señora Fierro —explico cerrando mi máquina para poder charlar con mi hermana. Afuera, en el jardín de la casa, un par de gorriones pelean en una rama del árbol.

—Creo que a él también le gustaba —comenta Mago. Se escucha un claxon. Sé que está manejando y hablando por su teléfono, cosa que me saca de quicio, así que la regaño. No deseo atender un accidente de tránsito donde ella esté involucrada por realizar dos cosas a la vez.

—A todos les gustaba —respondo. No miento. Mi maestra de pintura era una mujer atractiva. Me enseñó mucho, no sólo de arte. Creo que si hoy tengo corazón es por ella. Fue mi primer amor y mi primera ruptura. Siento un vaho de nostalgia por ella, me arrepiento de no haberle escrito más.

De no haber compartido pensamientos y cartas cuando ella agonizaba en la playa. Para hacer sentir bien a mi hermana, comento—: primero eras tú la que todos deseaban, luego ella.

—… Y ya ves, terminé siendo la señora Fierro de mi generación, la divorciada alegre a la que es fácil llevar a la cama —suelta con aderezo de especias de dolor y pesadez. Pobre Mago, arrastra más de lo que pensé. Me hubiera gustado decirle que la señora Fierro fue alguien importante para mí, que la consideraba una mujer libre y de mente abierta. Debería sentirse halagada por ser quien lleva ese rol hoy día. Pero soy un cobarde, añado:

—No creo que lo seas, Mago.

—Lo soy. Hoy el director de la escuela de mis hijos me pidió salir. Es un hombre de sesenta años. Si ese rabo verde cree que tiene una oportunidad conmigo es que en verdad tengo fama de fácil.

Punto para mi hermana en el juego de la miseria. Quizá yo también estaría amargado con la vida que ella arrastra.

—Con eso, me has callado… —terminé el partido. No necesitaba un campeonato de dolor para hacerme sentir mejor. Salté a asuntos más serios—: ¿cómo te fue con los análisis de papá?, ¿los llevaste con el doctor?

—Lo hice. Para eso te llamo. El médico no nos da muchas esperanzas. No creo que ya quedaran muchas. Dice que sólo es cuestión de tiempo.

—Bien… —comento. No es bueno decir "bien" cuando te dicen que tu padre va a morirse en un pestañear. Pero es lo único que tenía a la mano—. Sigue preguntando por mamá.

—Creo que nunca dejó de amarla —exclama Mago. Se oye un rechinido de llantas. No pregunto qué sucedió. Además, su frase es demoledora: tiene toda la razón. Define la maldición de nuestra familia: nunca supimos amar a las personas correctas.

—Sí, creo que sí.

—Bien, nos vemos en la noche. Come algo, Pigmeo —cuelga—. Cambio y fuera —aunque sé que no me escucha, respondo a mi celular:

—Seguro.

Otra buena media hora mirando sitios de internet sobre cómics, donde los reseñistas tratan de emular a los críticos literarios, haciendo un forense del medio y de los implicados. No entienden que son distintas formas de narrar, donde la literatura está esclavizada a la imagen, y ésta, cual emperador dominante, es la que dicta el tiempo y las formas. En general, todos hablan mal de mis libros. El mundo es tan pequeño que los críticos muerden la yugular de cualquiera que publique algo. Creo que mi forma de ser me ayuda a no darle importancia a esos ladridos.

De nuevo el celular.

—¿Alguna otra cosa, guapa?, ¿deseas un beso? —preguntó melosamente, haciéndome el gracioso. Estoy seguro de que mi hermana Mago sonreirá por mis locuras.

—No de ti, Raymundo… —responde una voz masculina. No, no es mi hermana. Bienvenido a la tierra de la pena ajena.

—¡Ah, perdón! Pensé que era mi hermana Mago. Disculpe señor…

—Soy yo, Ray. Arturo Argento —dice con voz gruesa, de oso. Es tan varonil ese tono, que siento que en la voz posee vello y sudor—: ¿Sabes quién habla, verdad?

Puedo olvidar el nombre del otro gemelo Leonel, el año del auto de los ancianos, también la marca de mis tenis, pero nunca podré olvidar esa voz. Es la de un hombre que cambió nuestra vida. Tal vez, yo mismo deseé nunca volver a escucharla, sin embargo sé quién es.

—¡Jefe! ¡Hace siglos que no lo escuchaba! Se oye igual.

—Ya no soy jefe, Ray. Me retiré hace mucho. Puedes decirme Arturo —comenta el viejo jefe de policía. En mi mente aparece su rostro cuando habló conmigo después de encontrar el cadáver del señor Romero. Con su barba descuidada de varios días y su pelo alborotado como si nunca lo hubiera tocado un peine. Sí, ése era el jefe Argento.

—Hola… Arturo. No esperaba una llamada de usted.

—Bueno, Mago me dijo que vendrías. No esperaba que me llamaras, porque a fin de cuentas no somos parientes, pero me gustaría verte, chico. Y desde luego preguntarte por Rey: ¿Cómo está? —se escucha real. Más real que mi hermana o que yo. Como si no tuviera que esconder nada en la vida. Debería aprender más de él. Recordé la frase que Mago me dijo sobre que tenía días buenos y otros malos. Deseé responderle lo mismo, pero sabía que era mentir. Ya había un exceso de mentiras en esa casa como para continuar ese legado familiar. Así que decidí romper la herencia de mis padres y le dije la verdad:

—Mal, señor Argento. Mi padre está mal.

—Ray, puedes decirme Arturo. No puedo creer que te cueste tanto trabajo —comenta no molesto. Su tono parece el de alguien defraudado—. Si es por lo que pasó, creo que ya estamos más allá de eso. Eres un adulto.

Lo último me golpea en la cara como una sonora bofetada. ¿Soy un adulto? Creo que siempre lo fui, sólo que soy un adulto que juega a cosas de niños, como las historietas.

—Gracias… Arturo. No es eso. Tal vez hace mucho que no hablábamos y aún me quedan ciertas costumbres de cuando era niño. Tú eras la autoridad, mi padre me enseñó a respetarte —explico sin mentiras.

—Lo sé… Quizá debí hacerte caso cuando hablaste conmigo hace tantos años. Tal vez no hubieras huido. Tengo mucho que platicarte, deberías venir un día a la casa —dice con un suspiro. Siento un escalofrío en la espalda: está abriendo esa puerta del pasado que no deseaba abrir, pues temía que no fuera verdad.

—¿Perdón?

—Sobre el asesinato del señor Romero. ¿Recuerdas que tú fuiste a mi oficina a decirme que sabías quién era el verdadero asesino?

Silencio de mi parte. No puedo decir nada. Estoy aterrado. No esperaba esas dosis de realidad cabalgando en mi vida como si fueran potros salvajes en campos sin que nadie pueda controlarlas.

—Sí…

—Tenías razón, Ray. Debí haberte escuchado, tal vez no hubiera sucedido todo lo demás… —con un gemido, agrega—: pero ya es tarde.

—No sé qué decir, Arturo.

—Quizá podría pasar a verlos. Tendré que esperar al fin de semana en que venga Jean. Ya no puedo manejar, ella tiene que hacerlo… ¿te importa ver a Jean? —cuestiona. Trago saliva. Demasiada realidad, deseo colgar el teléfono y huir a mi ciudad.

—No. Claro que pueden venir.

—Da gusto oírlo… Nos vemos. Y platicamos sobre lo que viste esa vez. Después de que huiste, yo también hice mi tarea. Investigué. Quizás es tiempo de que alguien lo sepa, ¿no crees?

Cada palabra es labrada en mi cerebro con cincel y martillo. Son frases extrañas, en una situación única. Creo que mi mano está temblando. El teléfono celular se mueve nervioso en mi oreja.

—Sí, señor. Lo espero. Llámeme antes de venir.

Colgamos. Me quedó mirando los gorriones que peleaban en la rama del árbol del jardín. Me había equivocado. No peleaban, están en un acto de apareamiento. El pequeño pajarito está montado sobre el otro. Rápido, espontáneo. En un segundo, ya vuelan separados. Terminaron su acto sexual.

De nuevo el teléfono. No sé cuánto tiempo me quedé pensativo. Quizá, más de media hora. No digo nada al responderlo. Sólo lo llevo a mi oreja, esperanzado en que no sea otro fantasma del pasado.

—¿Ray? —es mi editor.

—Hoy no estoy para ti. Llama mañana. Quizá ya llegué —digo con voz de ultratumba.

—No seas cretino. Necesito ver varias cosas contigo —exclama con gritos. Cree que está en el altavoz y debe aullar como si estuviera en una manifestación. Me dice cretino cada vez que está molesto y nervioso. Lo que sucede todos los días.

—¿Tengo opción? No tengo ganas de ser maltratado por un editor, y mucho menos de recibir consejos no solicitados —le digo. Después de la llamada con el antiguo jefe de policía, no deseo tres kilos de golpes personales de parte de mi editor.

—Lo siento, pero debo publicar tu cómic. No porque me gustes, ni porque creo que esa historia sea maravillosa. Tú sabes que no es por eso, sino porque es mi trabajo. Así que, Raymundo, deja lo cretino a un lado. ¿Mandaste el resto del guion a Patricio? —de nuevo suelta ese adjetivo. Nadie en la vida dice "cretino". Sólo lo he leído en malas traducciones de libros, en historietas que tratan de imitar una mala palabra y, desde luego, he escuchado a mi editor. Estoy seguro de que le pagan regalías para que esa palabra siga en circulación.

—No he podido… Estoy en un problema familiar.

—Te dije que si no podías con la presión me lo comentaras, podría atrasar la publicación unos meses —comenta con mucha resignación y un poco más de condescendencia. No me gusta.

—Lo entregaré a tiempo, descuida.

—¿Y tu papá? —vuelta a la derecha, olvidando el camino que llevábamos.

—No muy bien.

—¿Y tú? —sabía que terminaría con algo así. Era como retomar la plática que tuvimos en la comida antes de que saliera de la ciudad.

—Creo que… no lo sé.

—Estás mejor entonces. Antes lo negabas.

—No soy drogadicto. No necesito pasar por los cinco pasos de negación y demás tonterías. Dedícate a editar mi libro y apura a Patricio para que lo termine. Recuerda que me prometiste no sermonearme —comento amargado. El día está resultando peor que un Armagedón.

—Nunca te lo prometí…

—Muérete… —le dije antes de colgar. Los gorriones se fueron. Me quedé sin mi porno de aves. Otro fallo más en el día.

3

La cosa estaba vuelta un manicomio cuando desperté al siguiente día, después de mi insólita visita a los viejos en su campamento. El sol afilaba sus rayos para continuar el extremoso clima y apenas una brisa refrescaba el inicio del día. Supe que todo estaba mal cuando escuché que la sirena de policía se detenía frente a mi casa. Fue cuando decidí salir de entre mis sábanas y ver a qué se debía que el jefe de policía, Arturo Argento, nos visitara tan temprano. Elvis, mi perro, estaba en la puerta del cuarto ladrando, implorando que lo dejara salir para poder olfatear la recién llegada visita. Al emerger al mundo real, la sala de la casa, presencié un panorama insólito: mamá gritaba como una histérica, perdiendo toda la mesura que la caracterizaba. Apenas cubierta en una bata, y aún con tubos de plástico en la cabeza, daba vueltas de un lado a otro blandiendo sus brazos como si le hubieran anunciado que un meteorito caería en el poblado destruyendo su mundo. Papá, en cambio, estaba rascándose la cabeza y afilándose los bigotes, recargado y mirando por la ventana, donde siempre dirigía su vista cuando había problemas. Quizá lo hacía en búsqueda de un escape de esa vida que no era tan perfecta como todos creíamos. El jefe Argento, con un bloc de notas en una mano, permanecía parado en la puerta. Era un hombre corpulento, por lo que cubría todo el ancho y el alto del claro de ésta. Vestía su clásica gorra de béisbol en la cabeza como símbolo de su uniforme, aunque ésta fuera de un equipo de la liga americana y no del departamento de policía. Elvis no ladró al llegar a él. Por el contrario, le movió la cola como a un viejo conocido, buscando un cariño de su parte.

—¿Cómo puede ser que una niña se vaya así como así?, ¡qué no tienen gente cuidando las calles! —gritó mi madre pálida, enfrentando con sus gestos a los dos hombres que tenía frente a ella.

—Tú sabes que somos pocos elementos en la guardia. No podemos estar revisando cada automóvil que sale del pueblo. Este tipo de cosas no suceden a diario. Primero, debes tranquilizarte… —le explicó el jefe mientras yo oía a cada uno, preguntando qué sucedía. Pero nadie me escuchaba o no deseaban responderme. El jefe fue hacia mi padre y, a pesar de haber tenido la confrontación en casa del señor Romero en días pasados, se acercó a él en forma noble. Casi como un perro que pide un trozo de comida, pidió ayuda—: ¿Rey?, ¿por favor, puedes tranquilizarla?

—Ella tiene razón, Arturo. Es apenas una niña. Sé que es rebelde, pero no podrá sobrevivir allá afuera.

—Seamos sinceros, no es tan pequeña para no comprender lo que hizo. Por lo que veo, lo había planeado durante algún tiempo. Leo esta nota y estoy seguro de que no la escribió anoche. Es algo que tramaba desde hace mucho, y comprendía sus consecuencias —dijo el jefe sacando una hoja de papel doblada. Me planté frente a él demandando una respuesta:

—¿Qué sucede?

—Ray... ¿escuchaste algo anoche? Me dijeron que saliste tarde. ¿Viste a tu hermana al regresar? —me interrogó el jefe con voz tranquila. Yo me sorprendí ante los cuestionamientos. Sin información de lo sucedido, era como si me hubieran despertado arrojándome un tambo de agua fría en la cara.

—Yo... no... —balbuceé aturdido—. Regresé a casa en mi bicicleta. La dejé en el patio trasero y me fui al cuarto. Estaba cansado —no dije que había tomado dos cervezas y me sentía un poco mareado. No era el momento para una dosis de verdades.

—¿Tu hermana?¿La viste? —preguntó mi madre elevando su voz.

—No, mamá. Estaba su cuarto con la luz encendida, pero no la escuché... ¿Qué le sucedió? —pregunté. Mi madre cerró los ojos, apretando los dientes para no gritar de nuevo. Contestó en un murmullo, comprimiendo rabia en su cuerpo:

—Tu hermana huyó de la casa. Nos dejó una nota...

—¡No puedo creerlo! —exclamé sorprendido—. Aquiles no dejaría nunca el pueblo —de inmediato pensé. Aquiles podría ser un bobo cabeza bonita, pero no era del tipo con ideas locas como ésa de buscar fortuna sin ayuda del poder de su padre. Sabía que aquí era el príncipe de todo, si huía a la ciudad, sería nada. Estaba seguro de que por más que le faltaran neuronas, podía entender eso.

—No fue con Aquiles... —soltó mi padre sin moverse de su sitio al lado de la ventana.

—¿No con Aquiles? —inquirí estupefacto. Arturo Argento me entregó la nota que llevaba guardada en la bolsa de su camisa. La desdoblé y me encontré con la página de un cuaderno, arrancada con cuidado. Estaba escrita a mano, con un plumón color morado. La letra era la de Margarita, fácil de reconocer pues hacía cada letra con tanto ribete que parecía una vieja declaración de independencia. La nota estaba dirigida a mis padres, nombraba a cada uno con un cariñoso "Querido papá, amada mamá". Sabía que era sarcástica, pues en la vida real no era tan melosa. Luego continuaba: "He decidido que mi vida con ustedes limita mis aspiraciones artísticas. Sus reprimendas y su control sobre mi vida me tienen sofocada. No puedo vivir ni respirar con tanta presión. Sé que mamá estará molesta por esta decisión, pero ella comprenderá que no podré continuar viviendo en una casa tan llena de mentiras. Si ella lanzó todo por la borda, yo también puedo hacerlo. Prefiero ser libre, buscaré éxito en la ciudad. Me voy con mi maestro de canto y baile, Alfredo. Él me ha dicho que podrá hacerme famosa, pues cree en mí y en mi talento. Por favor, no me busquen. Estoy bien, y con un hombre que me ama. Explíquenle a Aquiles lo que pasa. Él no entenderá, pues nunca me vio como la futura artista que seré y sólo como su novia. Estoy segura de que podrá encontrar otra que llene mi lugar. Adiós. Su hija Margarita".

No había ni una palabra para mí. Como si yo no existiera. Eso me rompió el corazón. Pensé que aún a pesar de todos los problemas y diferencias que teníamos, había algo entre los dos, como en la foto que colgaba en mi pared. La que nos tomamos en las vacaciones. Pero al parecer, estaba equivocado. Margarita era más egoísta de lo que pensaba.

Con la boca abierta, le regresé la nota de despedida al policía. Éste volvió a doblarla y desapareció en su bolsillo.

—Se fue… —logré decir pensativo.

—Quiero que la regresen y la encierren. Que castren a ese hombre que la engatusó —ordenó mamá.

—Tranquila. Lo importante es que sabemos que está bien. Enviaré un informe a la ciudad para que le den seguimiento.

La verdad es que hemos tenido unos días de locos. Ayer hubo una pelea extraña en ese antro del portugués. Unos camioneros ebrios empezaron a molestar a una chica del pueblo. Dijeron que un tipo les dijo que ella era... Ustedes saben, mujerzuela —lo dijo mirándome. Yo no era tan inocente, entendí perfecto—. Un par de trabajadores de la planta Sur la defendieron. Al final todo terminó con un tipo sin ojo. Se lo arrancaron con un tenedor.

—¿En el bar? Debe ser el calor... —interrumpió mi padre admirado por la declaración.

—Más bien un idiota que jugó una mala pasada, al meter ideas pendejas a los borrachos. Si me entero quien fue, igual que el que quemó parte de la cosecha, los voy a refundir en la cárcel.

—¿Cosecha? —pregunté.

—¿Qué no lo vieron? Una gran columna de humo. Supongo que algunos idiotas de la preparatoria estaban aburridos por las vacaciones y decidieron rociar gasolina a todos los plantíos que están en la salida del norte. Uno de los dueños, Luis Gante, culpa a su vecino, Ramos. Tuve que llegar a separarlos. Casi se matan a golpes.

—No me importa nada de eso. ¡Mi hija! ¿No lo entiendes...? —gruñó mamá. El policía la calmó colocándole su enorme mano en el hombro. Ella le tomó la mano, apretándola con desesperación:

—Arturo, prométeme que la vas a traer viva... —le ordenó. Lo hizo como si le exigiera que se comiera su cena o cuando me solicitaba que estudiara para un examen.

—No te preocupes. La encontraremos. Si saben algo, si ella llama por teléfono o envía una carta, no duden en avisarme —indicó el jefe.

—Gracias, Arturo. Lo haremos —respondió mi padre, apenas regalándole una mirada.

El jefe salió de la casa con grandes pisadas hasta su auto. Abrió la puerta de su patrulla, y algo agitó el ambiente de tranquilidad que tenía la calle. Escuchamos el murmullo lejano de un motor. Pronto se materializó. Un Dodge 1965 en llamativo color amarillo dobló a toda velocidad a dos cuadras de nuestro lote, rechinando las llantas con su vuelta. El deportivo aceleró hasta frenar repentinamente frente a nosotros. Del automóvil bajó Aquiles con los ojos hinchados y cargados de lágrimas. Llevaba su ropa de entrenar, con la camiseta de su equipo color vino.

—¿Es verdad?… ¡¿Dónde está Mago?! —balbuceó alzando la voz. Un par de vecinos se asomaron ante todo el movimiento que se desató en nuestra casa.

—Tranquilo, muchacho —de inmediato lo detuvo el jefe, aferrándolo del brazo.

—¿Se fue? —cuestionó entre sollozos Aquiles. Se veía fuera de sí, con el pelo despeinado y la cara deforme en una constante mueca de dolor. No podía creer que era la imagen del chico más popular del pueblo.

—Así es… dejó esto —reveló el jefe, entregándole la nota de despedida. Aquiles la abrió desesperado, leyéndola con un movimiento en los labios. Se quedó por un par de minutos mirando el papel. Parecía asimilar cada palabra. Luego, volvió a doblarlo, pero de manera más tranquila. Resignado. Para devolvérselo al señor Argento.

—Ella me dejó —fue lo único que dijo. Más lágrimas en el rostro, pero el drama se terminó. Era demasiada información para su pobre cabeza que apenas lograba comprender lo sucedido. Era como si su computadora interna hubiera colapsado. Junto con su corazón, había que arreglarla.

—¿Cómo lo supiste, chico? —preguntó intrigado el jefe de policía. Aquiles bajó el rostro, sollozando como un niño:

—Fueron los viejos del lote de la gasolinera... Me dijeron que vieron a mi novia en el auto de otro hombre. Un hombre mayor —su voz se fue perdiendo. Hasta llegar a sólo gemidos. En silencio, retornó a su auto. Encendió la radio. Tenía un tema musical de Phil Collins, que sonó desgarrador y cursi ante lo melodramático de la escena. Se alejó tan rápido como llegó, dejando sólo el murmullo de su motor flotando por un tiempo.

—Los mantendré informados —se despidió el jefe. Hizo lo mismo con su automóvil, perdiéndose en la misma calle donde viró el exnovio de mi hermana. Me quedé con papá y mamá en la entrada de la casa, mirando el horizonte sin comentar nada. Si hubo un día que sentí que era un elefante entre una familia de chimpancés, era ése. No había nada que me atara a todo ese suceso alocado y surrealista. Para mí, era tan lejano como una fecha histórica. Fui el primero en regresar a mi cuarto para bañarme y vestirme.

No pensé mucho en lo de Mago. Me había sentido defraudado, olvidado ante mi ausencia en su nota. El hecho de que no me regalara una palabra o una mención me ayudó a descartarlo como algo que me hacía daño. En mi cabeza había ya demasiadas cosas extrañas, no cabía una más. Sé que en cierto modo era una postura egoísta, pero era mi manera de enfrentar el drama que vivíamos.

Me dirigí a una casa, cerca de la mía, en la acera de enfrente. Era un lote sencillo, con una construcción de un nivel que tenía un porche al frente que habían engalanado con exceso de macetas con flores y adornos de jardín como mariposas de tela o flamencos de plástico. Un árbol crecía al frente, regalándole una sombra perfecta para poder refrescarse en la tarde en una banca de madera. Era la casa de la señora Fierro, mi maestra de pintura. Amiga de mi madre y, por siempre, mi enamorada secreta. La mujer había crecido en el pueblo como casi todos los que vivíamos en la zona. Se casó con un hombre de negocios de la ciudad y viajó mucho, desarrollando sus gustos artísticos por la literatura y la pintura. Al parecer, según mi madre, su matrimonio fue un fracaso. No me lo dijo de esa manera, pero lo insinuaba y los chismes sobre su persona corrían entre los del pueblo. El esposo empezó a sentir mayor gusto por los bares de hombres y cada vez menos placer por la hermosa mujer que había desposado. Un completo desperdicio, pues la señora Fierro poseía todas las cualidades que una mujer debía tener. Era una mujer de piel apiñonada, salpicada por pecas en cara y pecho. Su pelo color caoba siempre lo llevaba suelto y vestía de manera vaporosa, como alguien que se quedó estancado en la década de los setentas. Usaba amplias faldas y camisas bordadas. Reía de manera efusiva, contagiando con su voz aguda a los que la rodeaban. Para mí era la mujer más inteligente que había conocido. Mientras me daba prácticas de trazo y pintura, me explicaba aspectos sobre la vida de los maestros italianos del Renacimiento. Cuando se divorció, logró ganarle a su esposo una jugosa parte de sus cuentas bancarias, por lo que regresó a su pueblo natal y compró la casa que habitaba. Se dedicaba a pintar cuadros que vendía en una cafetería del centro del pueblo, aunque realmente no necesitara de ese dinero, para ella era un placer lograr una venta. Su vida era apacible, entre reuniones con amigas y clases particulares. Muchos hombres la rondaban, pero ella consideraba tontos a todos.

—Tu madre me habló por teléfono, platicándome lo que sucedió. Debe estar muy preocupada por Mago —me comentó mientras trazábamos un bodegón de frutas que había preparado para mí. Yo consideraba que pintar frutas y jarrones era lo más aburrido que podía hacer, pues me interesaba dibujar naves espaciales o monstruos de múltiples bocas. Pero por estar en presencia de esa maravillosa mujer, lo acepté sin reparos.

—Está molesta.

—Pobre Mago. A esa edad tomamos decisiones erróneas, somos muy tontas. Las mujeres creemos que sabemos todo, que podemos mantenernos por nosotras mismas. Lo mismo pasó conmigo. Al final, nos quedamos viviendo solas o con hijos y sin un hombre en la casa.

—No creo que usted sea tonta —le dije mirándola con ojos de enamorado. Ella no notó mi deseo reprimido en ellos, alzando los hombros y continuando su dibujo.

—Lo era, Ray: una niña tonta. Pensaba que por ser deseada podía comerme al mundo. Fui a la universidad con una actitud prepotente. Terminé acostándome con maestros… No debería contarte esto, pero ya eres un hombre grande… Sí, me acosté con los hombres equivocados. Ninguno tan equivocado como mi esposo, pero fueron tipos que sólo me dieron mala imagen —comentó ruborizándose. Eso hizo encender sus pecas de la cara, cosa que me excitó aún más. No sabía cómo decirle que ella era mi locura, que podría cambiar todo lo que poseía por un beso de sus labios.

—Creo que se castiga mucho. Aún es una mujer joven, señora Fierro… Y bella —me envalentoné coqueteando con ella de manera tímida. Soltó una de sus alegres carcajadas, dándome un cariño en mi espalda:

—Gracias, Ray. Eres lindo… No debes preocuparte por tu hermana, regresará. Siempre regresamos. Veme a mí, podía ir a cualquier lado del mundo, pero retorné a este lugar. Todavía no entiendo por qué —admitió soltando su lápiz y recargándose en su asiento. Trabajábamos lado a lado en una mesa amplia que siempre estaba llena de papeles con trazos y pinturas. Al sentir que su brazo rozó el mío, una chispa saltó en mí, cual descarga eléctrica.

—Aquí está su familia, sus amigos…

—Podría tener amigos en otro lado. No debía haber regresado —exclamó levantándose y sirviéndose un vaso de limonada. Me sonrió de manera picaresca, para sacar una botella de ron de un estante. La destapó y le colocó una medida a su bebida.

—¿Entonces le gustaría cambiar su vida? —pregunté.

—No, creo que no. Soy así porque cometí esos errores. Lo mismo sucederá con tu hermana, servirán para perfilarla —explicó con un suspiro retornando a su lugar, bebiendo su vaso.

—No me importa si no regresa —admití gruñendo. Era una declaración verdadera, ya que seguía enojado con ella.

—Debería importarte, es tu hermana. Lo mismo pasó con mi hermano. Lo quería muchísimo, pero cuando me fui a la ciudad a estudiar perdimos el contacto que teníamos —comenzó a recordar, se recargó en su brazo y de manera picaresca continuó la plática. Yo me sumergí en sus ojos—: yo estaba más preocupada por las fiestas y los novios que por llamarle. Cuando murió en un accidente automovilístico, comprendí que había perdido la oportunidad de crear lazos con una persona que nunca llegué a conocer del todo.

—No sabía que tenía un hermano —admití pasmado por la revelación de su pasado.

—Era muy atractivo. También un poco engreído. Iba en el automóvil de Arturo Argento cuando éste chocó. Arturo casi perdió la pierna. Por eso dejó de jugar y echó a perder su carrera como jugador profesional. No sé si hubiera sido bueno, pero esa noche perdió su oportunidad.

—¿El jefe Argento?, ¿el de la policía? —inquirí.

—Sí, era mi novio. Bueno, lo fue hace mucho. Cuando éramos jóvenes. Era a tu mamá a quien en verdad le gustaba, pero yo fui la que él eligió. Supongo que nunca me lo perdonó. Después del accidente, no quise volver a saber nada de él. En un principio pensé que era el culpable de la muerte de mi hermano, pero con el tiempo me di cuenta de que fue eso: un accidente, y lo perdoné. No vale la pena estar molesto con la gente que ves cada día —al terminar se bebió de golpe su vaso de limonada con ron. Cerró los ojos y se quedó así un momento. Yo sentí la tentación de besarla, pero temblé aterrado por la idea.

—No lo sabía. Mamá no me platicó nada.

—Ella es muy callada para sus cosas. Tal vez demasiado. Un día va a explotar y sacará todo —comentó levantándose de nuevo. Colocó un poco más de su bebida. Esta vez fue sólo ron sin limonada.

—Creo que fue hoy —murmuré. La señora Fierro soltó otra carcajada, llevando su mano a mi hombro mientras lo hacía. Se mantuvo así, mientras se abultaba mi entrepierna.

—Sin duda. Piensa que Mago es su hija: esperaba para ella algo mejor —comentó alejándose, sin darse cuenta de la montaña rusa de sentimientos que desataba en mí con sólo acercarse o alejarse.

—Sí, creo que sí.

—Es gracioso que haya sucedido esto después de que visitamos a una lectora de cartas. La mujer le dijo a tu madre que un suceso iba a llegar a su puerta. Que debía tomar una decisión difícil... —explicó pensativa la señora Fierro. Todo rasgo de lujuria desapareció en mí. Buscar a una charlatana adivina no era algo que mi madre haría. Ni siquiera como un juego.

—¿Una adivina?, ¿cuándo?

—Una mujer oriental, de las que llegaron en el convoy con los viejos que están en el lote del tuerto Álvaro. ¿Los has visto? —narró, preguntándome al final como si no supiera de quién hablábamos. Desde luego sabía quién era: la mujer del té. La misma que se sentaba al lado del manco y el hombre de los tatuajes alrededor del fuego.

—Sí... Sé quiénes son —apenas logré murmurar.

—Nos dijeron que era adivina o algo así. Nos invitaron a que nos leyera la suerte. A tu madre le dijo varias cosas que la inquietaron mucho. Espero que no vaya a hacer una tontería... —declaró sonriendo, sabiendo que me estaba platicando algo que no debía, de inmediato me pidió—: no le vayas a decir que te lo comenté o me matará. Termina tu dibujo y practicaremos algo de perspectiva.

—Sí, gracias —le respondí, pero sin mucha atención a mi dibujo. Estaba sorprendido: reflexioné que esos extraños extranjeros se estaban metiendo en la vida de todos en el pueblo. Como un extraño virus que se esparcía. Primero, cuando Aquiles admitió que ellos le habían informado algo que nadie sabía y, ahora, me develaban que mi madre, a hurtadillas, había ido al campamento en busca de que le leyeran la suerte o le narraran el posible futuro. Sabía que esos viejos podían ser muy persuasivos, pues sus extrañas pláticas sólo me habían inyectado de dudas o miedos.

4

La muerte del señor Romero plantó una sensación de peligro en el pueblo que se fue expandiendo por los comentarios que se cruzaban entre sus habitantes. Cada uno incluía una anécdota extra de lo desagradable que era el trato con el malhumorado hacendado y cómo había hecho algún tipo de villanía. Pero al final, terminaba con un dejo de terror por lo sucedido. Villa Sola era un lugar apacible, donde los hechos violentos no tenían cabida. Lo sentían como algo lejano y ajeno. Yo escuchaba todas las versiones, tratando de encontrar una pista que me llevara a un culpable. Pero había exceso de enemigos en la vida del señor Romero. Desde su antigua esposa —que más de uno aseguraba fue la culpable—, quien supuestamente había regresado para discutir una cuestión de dinero, hasta un supuesto ladrón que había entrado a robarle. Pero nadie tenía una idea real de quién podía haberlo matado. Y nadie nombraba a los viejos extranjeros que permanecían estacionados en el lote baldío. Como si no hubieran sido un factor importante en el evento.

Yo era el único que estaba obsesionado con ellos, pensando en cosas que nadie parecía preguntarse. Mientras que en casa, el drama continuaba con mamá culpando a mi padre por los actos rebeldes de Mago, y éste huyendo a la ferretería para no enfrentarla. Por eso yo podía circular con libre albedrío sin ser cuestionado por mis actos.

Inquieto, monté mi bicicleta y, seguido de Elvis, fui hasta el lote baldío para poderlos espiar desde una distancia de la que no lograran verme. Me llevé conmigo unos prismáticos de papá y varias raciones de pan con queso. Para permanecer cubierto por la maleza y poderlos seguir en sus movimientos me coloqué en una pequeña loma que dividía algunos plantíos de maíz, protegido por la sombra de un árbol solitario. Sentándome entre los pastos altos, los observé con los prismáticos, siguiendo en especial el movimiento de los tres viejos del remolque plateado.

El convoy esa mañana estaba más inquieto que de costumbre. El resto de los ancianos se veían presurosos guardando cosas o ajustando las maletas en las camionetas. No así los tres con los que había tenido contacto. El primero en salir de la casa rodante fue el manco. Llevaba sólo una camiseta sucia, tan amplia que le cubría hasta la entrepierna como una desgastada túnica. En la mano cargaba su taza. Salía humo de ella, por lo que podría ser té o café. Se dedicó a hurgarse la nariz y a escupir por casi media hora. Luego, del tráiler salió el de los tatuajes. Sin despedirse, se subió a la camioneta y se fue al pueblo. Por unos minutos dudé qué hacer. Decidí seguirlo en mi bicicleta.

El hombre de los tatuajes condujo su camioneta hasta el centro del pueblo, la estacionó en la esquina de la ferretería de papá. Bajó de ella y entró a la tienda de la señora Delia a comprar algunas cosas. Yo me mantuve en el exterior mirando desde el aparador. No había nada sospechoso en él, y tampoco a nadie parecía importarle su presencia. El padre Marco estaba en el exterior de la iglesia, podando los matorrales que estaban en las jardineras, y el viejo Isaías se había establecido en la banca de la peluquería, viendo pasar los automóviles mientras bebía refresco de una botella.

El hombre tatuado perdía el tiempo buscando algo entre los refrigeradores de cerveza. No sabía si no estaba seguro de escoger alguna de esas marcas o simplemente esperaba algo y mataba el tiempo. Entró uno de los hombres que trabajaba en la alcaldía. Un joven que manejaba el camión de basura todas las tardes y recogía los restos de los recipientes metálicos que dejaban los vecinos repletos de bolsas negras malolientes. Eran dos los que trabajaban en limpieza, él y su primo. Eran amigos o parientes del alcalde, por eso les había dado el manejo del departamento de limpieza. Saludó amable y se plantó al lado del viejo. Platicaron por unos cinco minutos. No sé qué habrá dicho el indígena, pero el hombre empezó a gritar y voltear hacia afuera. De pronto, sin razón alguna, salió con grandes zancadas de la tienda sin comprar nada. Le vi bajar por la calle hasta la mitad de la otra donde el camión de basura esperaba. Tomó un bote de metal lleno y se lo arrojó a su compañero. Empezaron a gritar y discutir. Sólo necesitó de un golpe certero en el rostro para noquearlo. Subió al transporte y se retiró dejándolo inconsciente en medio de un tiradero de restos de comida, bolsas de plástico y cartón mojado.

El indígena salió de la tienda portando una bolsa de papel. Traté de huir, pero era tarde. Se plantó frente a mí, mirándome con extrañeza:

—¿Necesitas algo, chico? —preguntó el hombre.

—No, señor... Yo... —me tropecé con mis palabras. Elvis, al ver al musculoso hombre, se fue alejando, como si se sintiera intimidado por su presencia. Dejé de verlo a mi lado, por lo que supuse que había huido a la ferretería de mi padre, donde a veces se echaba a tomar el sol al lado del mostrador.

—¿Te comió la lengua una zorra? —preguntó sonriendo de manera maliciosa. Por un momento dudé que hubiera dicho zorra, pues en la expresión se usaban los ratones. "Te comieron la lengua los ratones". Nadie dice "zorra" en vez de "ratones".

—¿Sabe? Estaba pensando en sus tatuajes.

—¿Te gustan, muchacho?... —dijo colocando la bolsa en su camioneta y regresando a mi lado. Estiró su brazo derecho, señalando los dibujos que tenía ahí—: éste de aquí es la representación de un guerrero águila. ¿Habías oído hablar de ellos? Son los *cuāuhpipiltin*.

En su brazo, con sumo detalle, estaba tatuado un ser mitad humano, mitad águila. En su mano derecha llevaba un garrote y estaba ataviado de un plumaje voluminoso. Era una bella ilustración, que resaltaba aún más por el color cobrizo de la piel.

—Eran soldados, una clase especial en la infantería de los antiguos aztecas. El grupo élite de guerreros. Los *"cuāuhpipiltin"* eran casi la nobleza. Tenían un rito para entrar a ese círculo. Cuando cumplía la edad aceptada como adulto, el joven guerrero debía de capturar un prisionero de guerra de las tribus enemigas para sacrificarlo a los dioses.

—Interesante... ¿y el del pecho? —le pregunté.

—Es Tezcatlipoca, el dios negro... Deberías leer sobre eso en la biblioteca, chico —explicó subiendo a su vehículo. Se volteó con el ceño fruncido para interrogarme—: ¿Por qué lo preguntas?

—Sólo curiosidad... Gracias —dije de inmediato, casi escupiendo y alejándome de él dando pasos hacia atrás. El hombre cerró la puerta y arrancó la camioneta diciéndome:

—A ver si nos vemos en el campamento. Adiós, chico.

Cuando la camioneta salió a la calle, alguien llegó a mis espaldas. De un salto, por la sorpresa, lo enfrenté. Me di cuenta de que era el padre Marco con su cara de borrego y una ligera sonrisa. Mi mirada brincó por cada esquina de la calle. Descubrí que el pleito entre los basureros había convocado a un pequeño grupo de personas que ahora ayudaban al hombre golpeado. Supongo el padre también había ido a ver lo sucedido y tuve la desafortunada suerte de cruzármelo.

—Buenos días, padre —saludé al párroco. El padre Marco me tomó la mano, tratando de serenarme. Por su gesto, estaba seguro que pensaba que la desaparición de mi hermana me había afectado. Al tenerme preso, vi cómo la camioneta del hombre de los tatuajes se alejaba del centro del pueblo: lo había perdido.

—Tu hermana Margarita... Debes orar para que esté bien. Yo he pedido a mis feligreses que lo hagan. Todos estamos seguros de que se resolverá todo —exclamó en su tono condescendiente. Abrazado de mí, caminamos por la acera hasta la ferretería de papá.

—Sin duda, padre... —traté de librarme. Pero antes de poder decirle que debía hacer algo, la torreta de la patrulla llenó el silencio y el espacio. Sus colores rojos y azules iluminaron la calle, a pesar del brillo del sol. El automóvil del jefe Argento se estacionó a un lado del bar de Valmonte. Isaías, que estaba sentado en la silla que ponía el peluquero, como era su costumbre, se levantó al verlo. Yo apenas logré comentar antes de que todo sucediera—: ¿qué pasa?

El jefe Argento cruzó la calle, quitándose su gorra de béisbol. Llevó sus manos a la cadera, para detenerse frente al emigrado. Isaías lo vio como si fuera un coloso, alzando la vista admirado. No había rastro de nerviosismo en él. Estaba acostumbrado a que lo corrieran de los lugares donde iba.

—Isaías... —comentó con los dientes apretados el jefe. El anciano volteó a los lados, cruzando su mirada con nosotros. Mi padre salió de su ferretería, caminando lento, observando el encuentro entre el policía y el extranjero sin parpadear.

—Jefe —le devolvió Isaías.

—Voy a tener que arrestarte. Un testigo ha declarado que te vio rondando la casa del señor Romero el día de su muerte. ¿Qué hacías en su casa? —le dictó el jefe de policía con voz firme. No se mostraba enojado, serio, como si fuera un hecho más en su vida profesional. El viejo alzó los hombros y desvió su mirada:

—Le fui a pedir trabajo. Necesitaba dinero...

—¿Y lo mataste? —lo acusó. Pensé que el anciano se desvanecería de la impresión, mas sólo volvió a alzar los hombros.

—No, jefe. Él estaba... No fui yo.

La señora Delia, la de la tienda de víveres, se nos unió para atestiguar el arresto de Isaías. A su lado, amarrado con una correa, su perro no dejaba de olfatearme el pantalón.

—Ven conmigo, no deseo llevarte esposado —le pidió el jefe Argento a Isaías. El extranjero no tembló ni dudó. Dio un largo suspiro y aceptó resignado:

—Sí, jefe.

Los dos caminaron hasta la patrulla, con pasos cortos. Al frente, el jefe Argento; atrás, con la cara baja, Isaías. Con dificultad el emigrante entró a la parte trasera del vehículo. El jefe, al asegurarse de que estaba en su lugar, entró de un salto. Se fueron sin las luces ni la sirena. Tal como le había pedido el jefe, había sido un arresto sin sobresaltos.

142

—¿Qué sucedió? —preguntó papá a la señora Delia. Él estaba blanco como una sábana, con los labios en un tono azul. Nunca lo había visto tan pálido. No pensé que algo así le afectara tanto.

—Isaías… Me dijeron ayer que se vengó del golpe que le dio el otro día Romero. Rey, tú sabes que es un extranjero… Un judío. Ellos son vengativos. El jefe Argento me cuestionó ayer sobre lo sucedido, y declaré que lo presenciamos todos, ¿verdad? —declaró la señora Delia orgullosa de haber contribuido a resolver el misterio de la muerte del señor Romero.

—Señora, creo que Isaías ni siquiera se defendió. Yo lo vi: no hizo nada —de inmediato intervine. Pero mi padre colocó su gran mano en mi hombro para callarme. Lo miré cuestionándolo. Su mirada confirmó que debía quedarme callado y guardarme mis opiniones.

—Sí, por eso se esperó a tenerlo solo. Para atacarlo.

—No puedo creerlo… —comentó el padre Marco, moviendo su cabeza—. Pero sin las bases morales de la religión, uno puede hacer cualquier cosa. En la vida es importante que Jesús nos muestre el camino correcto.

—¡Padre, no creo que haya sido él! —volví a explotar. La presión de los dedos de mi padre fue tal que me lastimaba. Me indicaba que no podía intervenir en cosas de adultos. La religión estaba prohibida para nosotros los jóvenes, había que callar y creer en lo que nuestros padres creían. Me quejé al sentirlo. Me soltó al ver que me hacía daño pero su mirada acusadora no se fue a ningún lado.

—Ray, nuestra gente cree en Dios. Actuamos bajo las leyes de la biblia. Isaías creía que podía vengarse: sacarle los ojos, como lo piden los judíos —justificó el padre Marco.

—No es judío…. Creo que es gitano —gruñí.

—Es extranjero —soltó papá mirando hacia donde se había perdido el automóvil patrulla. El padre Marco aprobó ese comentario con la cabeza. El hecho de venir de otro lugar lo volvía inmediatamente culpable.

—El jefe le sacará la verdad —masculló la señora Delia regresando a su tienda seguida de su perro. El padre Marco se persignó antes de darme unas palmadas en la cabeza. Me trataba como un niño que no supiera nada de la vida. Eso me molestó, pero ahogué mis comentarios apretando los puños. Cuando quedamos solos, papá y yo, caminamos de regreso a su ferretería.

—Él es… —traté de decirle a mi padre. No respondió con palabras, sólo arrojó de nuevo esos ojos fríos de molestia y asombro.

—Ve a casa —me indicó, y se perdió en su santuario, la ferretería.

Yo estaba colérico por todas las insinuaciones que le montaban al pobre viejo Isaías. No es que lo conociera bien, pero estaba seguro que su condición de pobre y extranjero eran los motivos reales por los que era acusado de ese asesinato. Aunque fuera yo joven, como todos trataban de hacerme ver, podía distinguir entre un hombre bueno y uno malo. Estaba seguro de que Isaías no era lo segundo.

Caminé hasta la biblioteca del pueblo en busca de respuestas. Algo que mamá repetía es que si no encontraba respuesta a una pregunta, estaría escondida en un libro. Habría que abrir muchos, remover cientos de páginas y frases para encontrar esa solución. Y el mejor lugar para eso era la biblioteca. Lejos de ser un templo de la sabiduría, era un viejo edificio catalogado como antiguo por el Estado, con más desperfectos y madera apolillada que libros. No le hacían muchas remodelaciones, pues el gobierno no veía ventaja en invertir en algo que no se usaba. En Villa Sola nadie leía, y sólo se iba a este lugar para investigar en los libros de agricultura, que eran tan antiguos que proponían técnicas de sembrado usados en la edad de cobre. No dudaría que vinieran en papiros.

Los libros estaban acomodados en tres largos anaqueles que corrían pegados a las tres paredes. En medio de esta disposición, estaban viejos tomos de tapas de cuero gastados y carcomidos por polilla. Eran enciclopedias añejas, libros científicos y alguno que otro ensayo filosófico. Al fondo descansaba una colección de novelas en entrepaños de metal que se había conseguido con donaciones o bibliotecas personales de la ciudad. Es ahí donde estaban los verdaderos tesoros. Nada de primeras ediciones ni extraños volúmenes olvidados. Al contrario, en general, libros de pasta suave en tamaño de bolsillo pero con una gran variedad de temas y autores. Se encontraba desde Salgari, Julio Verne o Wells, pasando por colecciones de cuentos de ciencia ficción ganadores del premio Nébula recopilados por Isaac Asimov, hasta algunas ediciones de los diarios de Anaïs Nin, que después me enteré estaban más que recortados para desaparecer los nombres de personas reales, pero que me servían para alimentar mis sueños sexuales. Supongo que nadie se preocupó por leerlos y pensaron que eran los escritos inocentes de una niña a la manera de Louisa May Alcott. Agradezco esa falta de lectura de mis conciudadanos. Esas letras alimentaron mis primeros encuentros con la masturbación.

Era un buen lugar para buscar respuestas de los sucesos extraños que estaban gobernando nuestras vidas. Desde que me vio entrar la vieja maestra Sagrario me saludó con una amable sonrisa.

—¡Pero si es Ray! Nuestro visitante preferido... Me has tenido olvidada —me dijo la mujer. Ella se había retirado de su labor de maestra cuando su marido murió y notó que aún con los grandes espejuelos, ya no podía ver el pizarrón. Pero a manera de apoyo, le otorgaron el cuidado de la biblioteca. Era como el jarrón chino que nadie sabe dónde poner: por eso lo mandaron al rincón, la biblioteca del pueblo.

—Hola, maestra Sagrario. He estado trabajando con papá en su tienda —le dije recargándome en su mostrador. Habíamos establecido una extraña relación, pues cuando iba a leer a la biblioteca compartía con ella los sándwiches de queso que me preparaba. Fue la que me recomendó usar una plancha de ropa para derretir el queso.

—Mi joven lector, pronto estarás en la universidad. Ojalá no lo malgastes todo como tu padre... él nunca leyó nada que no estuviera escrito en la camiseta de un jugador de pelota. Tu madre sí era una buena estudiante —explicó, revolviéndome el pelo con una sonrisa chimuela. Sus ojos se veían desproporcionadamente grandes por sus anteojos, dándole un aspecto cómico.

—Lo sé, maestra. No se preocupe, sólo trabajo durante las vacaciones.

—No me gustaría verte detrás de un mostrador. Tú das para más. Estás hecho de otra madera, Ray —explicó amable. No entendía por qué para la maestra Sagrario mi padre era un perdedor. Tenía un negocio propio y una bella familia. Supongo que detrás de esos lentes del grueso de escotilla podía ver las situaciones de mejor manera.

—Necesito investigar cosas... ¿Tiene un libro donde expliquen religiones de la humanidad?

—¿No quieres leer una novela? Eso es extraño.

—Es para un trabajo de la escuela.

La anciana hizo un gesto de disgusto, se arregló los anteojos y con lentitud caminó a los anaqueles. Moviendo los labios mientras leía, encontró un gran volumen. Lo sacó, soplándole para quitarle el polvo acumulado. Lo colocó en mis manos. La solapa decía: *Religiones y dioses del Mundo* por Joseph Red.

—No hay clases, Raymundo Rey. Soy vieja, pero no tonta. No me trates como una senil y yo no te trataré como un tonto —me regañó. Sin duda, la mujer sabía poner en su lugar a muchachos como yo. Me ruboricé, pero volvió a agitarme el cabello, cerrándome el ojo—. Sólo no hagas ruido. Tenemos otro lector hoy.

—¿Perdón?

—Es uno de los turistas. De los viejos. Un hombre agradable. Es grande, muy grande. Está sentado en la sala. Puedes consultar el libro ahí.

Aterrado por lo que había escuchado, caminé hasta la sala de lectura, que era apenas un cuarto con una sala. Temía encontrarme con el gigantesco indígena del tórax tatuado o, peor aún, con el manco. Tragué saliva y me asomé: era el gordo que descubrí la noche anterior. De cerca, su tamaño era más impresionante. Tal como la maestra Sagrario dijo, era grande. Sus lonjas desbordaban como una gran gelatina, subiendo al tórax y sin mostrar un rasgo de cuello, continuaba hasta su cabeza en forma de melón. El rostro era infantil pero arrugado cual elefante. Sus ojos eran diminutos, de un brillante color azul. Estaba rapado, pero las puntas del pelo empezaban a despuntar haciendo ver su cráneo como un desierto con pequeñas espinas. Era como un bebé gigantesco, gordo y cachetón, al que le cayó un cubetazo de cincuenta años encima. Al verme, alzó su mirada, clavándome sus brillantes ojos. Su boca carnosa se curveó para obsequiarme una sonrisa:

—Hola —me dijo con una increíble voz infantil, aguda.

—Hola —respondí entrando al cuarto y colocando mi volumen en el sofá para sentarme en él.

—Te conozco. Eres el amigo del manco loco y de Pedro, ¿verdad? —preguntó cerrando el libro que leía. Estaba sentado en su viejo transportador de cuatro ruedas, con un volante como de motocicleta al frente. Le había colocado algunas calcomanías al aparato. Eran de grupos musicales como los Rolling Stones, los Beatles y The Police. Llevaba una camiseta sucia y raída, con manchas de grasa en el pecho.

—Raymundo Rey —me presenté estirando la mano, rogando que no viera que estaba temblando y que terminaría orinándome en mis pantalones.

—¿Eres un rey? He conocido a muchos reyes. Hacía mucho que no me encontraba con uno. Me da gusto, chico —explicó el gordo. Movió la cabeza para tratar de leer la cubierta de mi libro. Movió los labios al hacerlo. Lanzó su cuerpo hacia atrás, logrando rechinar su transporte—. ¿Dioses?, ¿te interesan los dioses?

—Es para un trabajo de la escuela… —volví a repetir, aterrado. Mi orina estaba enfilada para salir en ese instante. Tuve que contraer todo el interior de mi cuerpo para que no sucediera.

—A mí no me atraen… Me gustan más los músicos o los escritores. Estoy leyendo un cuento de Harlan Ellison. ¿Lo conoces? —dijo enseñándome un viejo tomo sin pasta de una antología de las que había en la biblioteca. Era una de las compilaciones de premios Nébula. La había leído el verano pasado, ahí descubrí también a George R. R. Martin y a una mujer llamada Leigh Brackett que me hizo soñar con naves espaciales por meses.

—Sí, he leído sus cuentos.

—Es bueno el enanito...

—¿Lo conoce? —cuestioné admirado, olvidándome de todo: orina, libro y terror.

—Conozco a muchos escritores. No son muy distintos a ti, chico. Se hacen preguntas. También vinieron a las bibliotecas a buscar respuestas. Cuando no las encontraron, fue que crearon sus libros. Así funciona la cosa. Quizás algún día tú escribirás un libro que responda a la pregunta que vienes a resolver hoy —me explicó con esa voz de chiflido, infantil.

Mi boca estaba abierta. El terror quedó opacado por la sorpresiva revelación de que sabía lo que hacía ahí. Y que me gustaba escribir. No me cuestioné cómo pudo saber todo eso de mí, sino el hecho de que fuera el primero que dijera que iba a ser un escritor: mi máximo sueño.

—Yo... gracias —tartamudeé.

—A ti, chico, por hacer perdurar esta magia en un lugar tan desolado como esta biblioteca de pueblo. Antes, los juglares iban de pueblo en pueblo narrando leyendas o cantando historias para que los agricultores supieran qué sucedía en tierras lejanas. Hoy, están demasiado ocupados viendo televisión. Las historias mueren por inanición. Nadie las alimenta —dijo el gran hombre tomando de nuevo su libro. Mojándose una y otra vez el dedo, comenzó a pasar las hojas para encontrar dónde se había quedado.

—¿De veras cree que puedo ser un buen escritor? —le pregunté extasiado.

—Todos tenemos historias. El secreto es saber contarlas...
Antes, si lo hacías bien, podías salvarte de morir al entretener
a tu señor con esas historias. Los reyes sabían apreciar a los
buenos narradores... Pero eso me recuerda algo: tú eres rey.

—¿Y eso qué quiere decir?

—No lo sé, chico. Ustedes los escritores son los que tienen
las respuestas —dijo de un soplo—. Déjame decirte un secreto: no hay nuevas historias en el mundo. No puedes decir que
vas a inventar algo nuevo. Todo ha sido dicho. El éxito radica
en saber cómo platicar esas historias que ya todos conocen.
Tú lees a un autor por cómo te narra, no por lo que narra
—cerró el libro y con sus enormes manos regordetas sobre su
volante comenzó a moverse hacia fuera—. Creo que ya pasaron por mí. Si hoy vas por la noche al campamento, pásame
a ver. Platicaremos de libros.

Con el zumbido del motor eléctrico, el gordo se perdió por
la puerta dejándome solo, con mi gran libro y más preguntas.

Cuando escuché que salió por la puerta, tras despedirse de
la bibliotecaria, comencé a buscar lo que había ido a ver. No
tardé en encontrar lo que pensé eran las respuestas. El libro
de religiones que me ofreció la bibliotecaria era un análisis de
distintas creencias en el mundo y al final había un diccionario
de deidades con sus manifestaciones en el arte, los mostraba
en pinturas, esculturas y grabados. El primer dibujo que me
quitó el aliento fue el de una zorra, no muy distinta a la que
había visto en el campo. A su lado había una mujer en kimo-
no, regordeta y bella. Con ojos tranquilos, cargaba una vasija
de té como la que me ofrecieron cuando tomábamos té en el
campamento. Ante esa visión, continué repasando las ilustraciones de otros seres míticos. Pronto encontré varias que me
parecieron de extraño modo conocidas: una escultura de un

hombre desnudo con lanza, de rasgos similares al manco. El grabado de una deidad prehispánica con el símbolo que Pedro tenía tatuado en su pecho, y al final un hermoso cromo de un obeso elefante que sorpresivamente tenía los mismos ojos del gordo que acababa de abandonar la sala.

Al leerlo en ese libro, sentí que se descubría un velo. Pero lo que estaba en el escenario no era agradable. Sería mejor mantenerlo oculto a los ojos de los humanos. Corrí al mostrador de la maestra Sagrario para pedirle papel y pluma. Necesitaba hacer anotaciones. No sabía en ese momento para qué servirían, pero comprendía que si iba a comunicar lo que había descubierto, tendría que demostrarlo, o nadie me creería.

5

En la antigua cultura japonesa se han venerado al menos ochocientas legiones de dioses, algo inusual para pequeñas comunidades que habitaban en esas islas. Aunque son el budismo, el sintoísmo y el animismo las corrientes más importantes, existe un panteón de Dioses medianos y menores que daban buena fortuna o protegían el quehacer diario.

Inari Õkami

En la cultura shinto, el cultivo del arroz era primordial para el sostén de los pueblos, por lo mismo Inari era la deidad consagrada del arroz. Poseía varias facetas en su perfil, pues también tenía dones que ayudaban en la fertilidad, la agricultura, la industria artesana, pero en especial, se trataba de una deidad que poseía un gran simbolismo para lograr el éxito en los negocios o intercambios culturales. Ya que el arroz es la base de la dieta de los habitantes del Japón y, a la vez, el cultivo más importante en su campo, este dios tenía una posición importante para ser alabado en búsqueda de la abundancia de las cosechas. No posee una imagen precisa, pues su figura va cambiando según la localidad o pueblo. Ya pudiera ser un hombre barbado, o bien una figura femenina o hasta un ser andrógino con cualidades de ambos sexos. En algunos templos se encuentran las tres figuras, el conjunto que muestra cada faceta de su personalidad, reafirmando sus condiciones de deidad de la fertilidad. Si existe una imagen tipificada del dios, es como una anciana sentada en un costal de arroz; como una hermosa mujer con una flor en el cabello y, desde luego, como una zorra blanca.

Uno de los templos más reconocidos de este dios es el que se halla en Fushimi, cerca de la ciudad de Kioto. Aparecen registros desde 800 a. C. pero la popularidad de Inari continuó creciendo a través del tiempo, en especial con los agricultores. Ese hermoso santuario en Fushimi llegó a transformarse en uno de los sitios populares para hacer peregrinaje en busca de sus favores en los tiempos imperiales. En el año 1468, cuando el templo fue destruido (y reconstruido después), se comenzó a venerar a Inari como una deidad que hacía realidad los deseos más profundos, la deidad de la suerte y la prosperidad. Esta semidiosa siguió siendo popular tanto en la religión sintoísta como la budista. Las zorras de Inari son blancas y son consideradas sus mensajeras.

Marte o Ares

La guerra siempre fue un objeto de culto y veneración entre los antiguos griegos. Era el evento que revolucionaba los pueblos, dotaba de propiedades, tierra y tesoros. Un dios caprichoso, en búsqueda de sangre y muerte, Ares era la esencia de la destrucción. El dios de la guerra era considerado una figura que se deleitaba con los conflictos entre los humanos, disfrutando las masacres y saboreando la devastación que creaba. Un ser salvaje y voluntarioso, Marte rara vez actuaba con dignidad. Nunca tenía consideración por legitimar sus actos, o por sus nefastas consecuencias. En la mitología antigua griega, era considerado el dios de la guerra del Olimpo, una fuerza bruta viviente, cargada de violencia. Entre los romanos era llamado Marte, el dios de la batalla. Ares era el hijo de Zeus y de Hera, los dioses padres. Este dios era quien impulsaba la brutalidad en las batallas y el frenesí en la lucha. El mismo poeta Homero lo nombraba como una tormenta de sangre. Ares combatía siempre que encontraba la ocasión y contra un enemigo cualquiera, sin buscar razón. Debido a esa crueldad, los compañeros de la divinidad lo odiaban sin reservas y algunos, como Atenea, le demostraban cada que tenían ocasión, que era un dios vulnerable. Porque no sólo carecía de razón, sino porque su inteligencia se nublaba en sus arranques. Para los romanos, su adoración sólo era casi tan importante como la de Júpiter. Él fue protector y padre de los fundadores de Roma, los gemelos, Rómulo y Remo. A la vez, también era el padre de los semidioses Deimos y Fobos, los espíritus del terror y el miedo que lo acompañaban en cada batalla. Los gemelos de la perversión.

Tezcatlipoca

Los aztecas creían que los dioses necesitaban suministros constantes de sangre fresca, de lo contrario, se marchitarían y morirían. Por eso, toda su cultura se construyó en torno al sacrificio humano. Mas Tezcatlipoca era una deidad de la cultura mexica y de los pueblos prehispánicos de habla náhuatl, muy especial. Su nombre quiere decir "espejo oscuro" o la piedra de obsidiana, la misma que se usaba para dichos sacrificios tallada a manera de cuchillo. Sus sacerdotes aseguraban que este dios tenía el don de ser una ventana para ver el futuro. Tezcatlipoca es la divinidad de la hechicería, un ser de aspecto cambiante, que se podía transformar en varias personas o animales para crear problemas. Sin duda una de las figuras más truculentas del panteón azteca y considerado el némesis de la deidad máxima, Quetzalcóatl, la serpiente emplumada. En la mitología, Tezcatlipoca y Quetzalcóatl fueron los creadores del mundo para vencer una gran bestia acuática. Por esa lucha en ese proceso de creación, la deidad exige sacrificios humanos como una manera de alabanza. Es un dios que otorga buena fortuna, pero que también puede quitarla. Considerado el patrón de los guerreros imperiales, los guerreros jaguar, famosos por su valentía y poderosos en las batallas. Tezcatlipoca también se representa con una franja negra en el rostro y en una pierna muestra un hueso expuesto donde debería estar el pie, que tuvo que dar a la bestia marina para la creación del mundo. Tezcatlipoca tenía la habilidad de conocer los pensamientos y los sentimientos de los humanos.

Ganesha

También conocido como Ganesh o Ganapati, es el conductor de las huestes celestiales en la mitología hindú. Es una deidad venerada en diversas sectas del hinduismo. Es el hijo primogénito del dios Shiva y de la diosa Parvati. Es considerado el maestro de la inteligencia y la sabiduría. Ganesha es representado con piel roja o azul y una gran barriga, cuatro brazos y cabeza de elefante con un solo colmillo. El culto a Ganesha está muy difundido en toda Asia. Su figura es el perfecto equilibrio entre las energías masculinas y femeninas, así como la bondad y la fuerza. Posee el don de percibir las diferencias entre realidad y ficción. Se le rezaba al comienzo de los rituales, invocándolo como patrono de las escrituras y los escritores.

6

Salgo de casa de papá huyendo de muchas cosas: el olor a orines en su habitación, la frustración que crean sus incoherencias al hablarme, el saber qué poco conocí a mi padre y, sobre todo, la comida enlatada. Comer sopa que sabe a conservadores o una pasta quemada no es mi opción de alimentación. Recuerdo que en la cafetería a tres cuadras de la ferretería de papá servían comida decente. Decido ir ahí para poder descansar mi cabeza de las preocupaciones.

El lugar está repleto. Es popular entre la gente que labora en el centro del pueblo y buscan un bocadillo en su hora de almuerzo. Tengo que esperar un poco. La mesera me reconoce y decide darme un lugar por mi reputación de escritor famoso. Lo primero que hago es pedir un refresco. Luego, dos platillos que estoy seguro llenarán mi estómago. Devuelvo el menú con un amplio gesto de agradecimiento. Sólo un minuto después, la mesera coloca la bebida frente a mí. Tiene más hielos que un casquete polar. Burbujeante y apetitosa. Mi boca sorbe la pajilla y siento el líquido cosquillear en mi garganta. ¡Cuánto extrañaba su sabor! Estoy disfrutando el orgasmo en el paladar cuando escucho frente a mí:

—¿Raymundo? ¿Raymundo Rey?

Levanto mi rostro. Es un hombre grueso como un barril de melaza.

El tamaño de la espalda podría competir con un Estado pequeño, con todo y litoral al mar. Brazos decorados con calaveras, mujeres en bikini y un Jesucristo sangrante. La cara es sólo dientes sonrientes de oreja a oreja. Rapado al ras. Para evitar la desnudez de su rostro, hay una argolla en la oreja. Un perico podía usarla de columpio. Sus ojos son lo único infantil: brillantes y vivaces. Está ataviado con un gastado pantalón de mezclilla y una sucia camiseta de Iron Maiden. De entre su brazo se asoma penoso un libro de pasta dura.

—Sólo cuando trabajo, el resto del tiempo soy un simple forastero… Lo siento, es una frase de mis libros. Siempre quise usarla —respondo, pero de inmediato me ruborizo de vergüenza. Me escuché pretencioso e intelectual, como sonaría el nuevo novio de mi exchica, el famoso escritor Sidi.

—Los he leído —suelta como niño que avisa que hizo su tarea.

—¿Qué? —balbuceé. Mi vista ya no está en los ojos infantiles, sino en ese Jesucristo sangrante tatuado en el bíceps. Mi mente juega con la idea de cómo se deformaría esa imagen cuando golpeara con el puño cerrado en mi cara.

—Tus libros de fantasía. Bueno, sé que los llamas ciencia ficción, pero para mí son fantasía. Me gustan mucho, ¿sabes…? No he leído tus historietas. Se me hacen cosa de niños.

—Entiendo…

—¿No sabes quién soy, verdad? —me reta. Desde luego que lo ignoro. Para colmo, sigue con su sonrisa pizpireta.

—Mil disculpas, pero ni idea.

—Horacio… Horacio Leonel —suelta. Me cae encima su nombre como si me hubiera arrojado una caja fuerte en la cabeza. Lo primero que mi mente me grita es: ¡Horacio, idiota! ¡Su nombre era Horacio! El gemelo Leonel que no recordaba se llamaba Horacio. Hay un sentimiento incómodo con ese encuentro que raya en el surrealismo. En cualquier momento saldrán detrás de la barra de la cafetería Luis Buñuel y Salvador Dalí para gritar: ¡Corte! Y todos iremos a beber un buen martini.

—¡Horacio!, ¡de los gemelos Leonel...! Vaya, imposible reconocerte así... —explico señalando su apariencia. Hace un gesto como preguntando si se puede sentar frente a mí. Tardo en responder. Tengo miedo. Pero mi buena educación gana y lo invito a la silla con mi mano. Se deja caer. La silla es tres tallas más chica. El gemelo Leonel creció a tamaño extra grande.

—Ahora estamos parejos, ¿verdad? Yo no leo tus cuentos de niños y, tú, no me reconoces. ¿Qué te parece? —suelta divertido. Me hace sentir mal—. Te ves bien, Raymundo —sigue—, te había visto en una entrevista de televisión, pero en persona luces más joven.

—Gracias. No sé qué decir.

—Bueno, yo creo que te debo un libro —admite con el rostro bajo, apenado. Siento que sus mejillas se colorean detrás de una barba espinosa de tres días—. Más de una vez te rompí uno de los que leías, mil perdones. Era un tonto y no sabía nada de nada. Hoy, que me reencontré con Jesús, he comprendido la importancia de lo que haces. Que tienes un don para narrar sucesos. Cambiar la vida de las personas. Tal como lo hizo nuestro señor Dios, Jesucristo.

La referencia religiosa me hace pensar que es un convertido, un nuevo cristiano. Los hay en todos lados y de todos tamaños. Caminan con su biblia bajo el brazo buscando nuevos creyentes como si fueran adictos cazando drogas. Un punto más para sentirme incómodo.

—No me considero en el mismo nivel, pero se agradece. En especial, que leyeras mis libros.

—El primero que leí fue *La rebelión de las cenizas*. Me encantó tu visión apocalíptica del mundo donde sólo los dioses sobreviven al holocausto. La leí en prisión, por recomendación del reverendo Moret. Él fue quien me reencontró con Nuestro Señor Jesucristo. Me inculcó el amor a la lectura. Además de que en la Biblia están todas las respuestas del mundo, pero la mente también se alimenta de otros libros. Gente como Julio Verne, Chandler, Salgari... y tú, Raymundo Rey. Son de los que cambiaron mi vida.

Salió el peine, como decía mi padre: un convertido en la prisión. Lo entiendo. Supongo que la fe y la esperanza es lo único que te queda cuando te encierran. Más relajado, e inyectado por el veneno de la curiosidad, lo cuestiono:

—No sabía que estuviste en prisión.

—No es algo para presumir. Tú quizá recuerdes que mi hermano y yo no éramos precisamente buenos cristianos. Quizá nos metimos en más problemas de los que debíamos. Pero nuestro camino erróneo es parte de la vereda que el Señor nos muestra para llegar a nuestra verdadera misión. Así como tú tuviste que ir a la universidad, bueno, yo tuve que ir a la cárcel. No le echo la culpa a nadie más que a mí.

—Suenas... diferente —admito. Es cuando enseña el libro que porta: es una Biblia. Su pasta está rota y las esquinas gastadas. Como si fuera leída una y otra vez, en busca de la salvación.

—Lo soy, Ray. Salí de la prisión hace dos años. Regresé al pueblo. Ahora trabajo con Valmonte. El del bar, ¿lo recuerdas?

—Sí —claro que lo recuerdo: el portugués que regenteaba el bar al lado de la iglesia. Era de sorprenderse que siguiera vivo. Como buen marino, debía tener más vidas que un gato.

—Me contrató porque ya no bebo. Soy el cantinero perfecto. Como me prohíbe molestar a los comensales con mis charlas sobre Nuestro Señor Jesucristo y la Biblia, me dedico a leer. Me gusta la fantasía, ¿sabes?

—Suena… maravilloso —no sé qué responderle. Todo es muy extraño: su presencia en el comedor, su conversión, y que ahora ame los libros. Pero lo es más que no se encuentre molesto como antes. Al contrario, se ve feliz. A gusto con su nueva vida, en calma. Una tranquilidad que yo creo que nunca lograré obtener. En cierta manera, lo envidio.

—Lo es, Raymundo. Estoy casado y el señor nos ha bendecido con un hijo hermoso. Me gustaría que de grande fuera a la universidad como tú y se convirtiera en escritor. Sería un honor para nosotros que Jesucristo le hubiera dado el don de la palabra.

—Estoy seguro de que será un gran escritor… ¿Cómo está tu hermano? —pregunto para ser amable. Creo que he dejado ir el globo de la intolerancia e inflé uno que dice perdón. La gente cambia, hay que perdonar y darle vuelta a la página.

—¿Ulises…? Está muerto. Cuando asaltamos un banco, la policía nos rodeó al activarse la alarma. Le perforaron el estómago con una escopeta. Quedó revolcándose en el pavimento durante el tiroteo. Al final me atraparon. Ojalá se haya arrepentido de sus pecados para que haya podido llegar al seno de Nuestro Señor, para estar en Su gloria. Pobre Ulises.

—Lo siento —de nuevo me siento incómodo. Creo que es muy obvio, pues el enorme calvo me toma la mano de manera amigable para regalarme unas palmaditas, diciéndome a su modo que todo está bien, que la vida es así.

—Yo también. Pero como te dije, es el camino que el Señor nos ha marcado. No podemos contradecirlo, ¿verdad?

—Supongo que no, Horacio.

—Me he enterado de la situación de tu papá. Supongo que por eso te encuentras de regreso. Estoy seguro que tu padre encontrará el Paraíso con nuestro Dios. Él siempre fue un buen hombre.

Pienso en lo que dice: papá fue un buen hombre. Yo siempre lo creí. Pero después de mi visita y la llamada del viejo jefe de policía, tengo mis dudas. Si pude perdonar a los hermanos Leonel, ¿lograré perdonar a papá?

—Gracias, te lo agradezco mucho…

—¿Podrías autografiarme mis libros? ¿Puedo llevártelos a tu casa…? A mi esposa le encantará que se los dediques —pide alegre. Me ha pintado una sonrisa en el rostro. Los escritores nos alimentamos de ego. Un autógrafo es un festín.

—Será un placer… —de inmediato acepto. Claro que será un placer. La vida me está regalando una manera de reponer lo que me hizo; mi enemigo me pide un autógrafo. Eso es placer puro.

—Cuando te veíamos con la nariz en los libros nunca comprendimos que lo que hacías era huir de aquí. Yo traté de hacerlo, pero de manera distinta. Volviéndome millonario fácilmente para comprar mi libertad. ¿Ya ves? Al final tú tuviste razón y yo no.

—No creo que exista un camino correcto, Horacio. También he cometido errores.

—No tan graves como los míos. ¿Sabes qué aprendí? Que Dios puede perdonar tus errores, pero tendrás que aprender a vivir con las consecuencias de ellos.

No respondo. Tenía razón. Estoy a punto de dejarlo ir, pero no logró hacerlo. Necesito preguntarle:

—¿Horacio, puedo hacerte una pregunta?

—Claro.

—¿Recuerdas los viejos que llegaron al pueblo ese verano caluroso?

Fueron unos turistas que viajaban en remolques… Ustedes trabajaron para ellos por unos días. Estaba deseando recordar sus nombres.

Siento un escalofrío al verle la cara de sorpresa por insinuarle que sabía sobre esos viejos, como si le hubiera platicado un suceso lejano y de hace mucho tiempo. Se recarga hacia atrás en su silla:

—¿Viejos?, ¿remolques?… No, Raymundo, no recuerdo… ¿Cuándo fue?

—En el verano. Estaban estacionados en el lote del tuerto Álvaro, cerca de la gasolinera.

—No, no recuerdo nada de eso… ¿No sería un circo? Los circos y la feria siempre se ponían en ese lote. Pero no recuerdo a ningún turista —lo dice con gesto de complacencia, pensando que los escritores estamos locos y confundimos la realidad con ideas fantásticas que crecen en nuestra mente. Un escalofrío recorre mi espalda pellizcando nervios.

—Sí, tal vez era un circo… Te espero mañana con tus libros.

—Allí estaré… ¿Sabes, Ray? Fue un placer volverte a ver.

Horacio Leonel se levanta, me saluda con su enorme mano. Camina con lentitud hasta la salida del restaurante, colocando su gastado volumen de la Biblia en el sobaco. Antes de salir, voltea su rostro. Me vuelve a saludar con una gran sonrisa. No parece el matón que era de niño, tan sólo un hombre grande con ojos de niño inocente.

7

La tensión se podía sentir en toda Villa Sola, como una niebla pesada y densa flotando en el ambiente. El clima parecía más inclemente, rostizaba cualquier sentimiento positivo que hubiera entre los habitantes. No había explicación coherente para la plaga de fatalidad, pero cada uno llevaba un gesto descompuesto labrado en el rostro. Y todos explotaban ante cualquier situación que fuera distinta a la vida diaria.

Yo sentía que en mi familia esa sensación era más delirante. Habían pasado varios días después de la huida de casa de Margarita, y su acto había minado cualquier rastro de normalidad que quedaba en nuestras relaciones. Mamá se había enclaustrado en su recámara, llamaba por teléfono a amigos y conocidos en busca de alguna pista que la llevara al paradero de su hija. En especial hacía largas llamadas al jefe Argento, quien parecía aguantar las múltiples teorías de conspiración que ella le exponía. Papá, por otro lado, se volvió hermético, ahorraba sus comentarios al máximo y apenas aparecía en el hogar. Dos días después de mi visita a la biblioteca, traté de platicarle lo que sabía. Lo que creía que estaba sucediendo en nuestro pueblo, pero sólo enfrenté un desaire. Me di cuenta de que mis ideas sobre los dioses que visitaban de manera encubierta nuestra Tierra eran sólo un delirio de mi imaginación.

Siempre me había sentido solo en ese círculo familiar, pero esos días fueron los peores. Tuve el sentimiento de que no les interesaba mi presencia, me pregunté si yo les importaba o no. Para evitarlos, desde temprano prefería huir de casa para husmear por el pueblo, haciendo anotaciones de mis ideas sobre los sucesos extraños. No deseaba ni comer en casa. Prefería robar unas monedas e ir a la cafetería del centro para comprar un bocadillo y un refresco.

Me dirigí a la cafetería cuando sentí hambre. Caminé con mis notas bajo el brazo hasta el centro de la ciudad, pero en el entronque de la entrada por la carretera principal y el enrejado de las calles, en una curva empinada donde los camiones debían aminorar la marcha, encontré una columna de humo y un grupo de gente que rodeaba un bulto metálico.

Corrí intrigado por ese suceso. Las luces rojas de los bomberos seguían parpadeando mientras los tres hombres con gabardinas sofocaban las llamas de lo que parecía un accidente.

—¿Qué pasó? —cuestioné metiéndome entre las personas que se aglomeraban en círculo. Lo primero que llegó a mi nariz fue un fuerte olor a gasolina. Recibí una bofetada del tufo del carburante. El asfalto estaba impregnado de ese líquido, corría como una diminuta marea que salía desde el cúmulo de fierros enroscados que algún día formaron parte del bello automóvil Dodge del novio de mi hermana. Rastros de la pintura amarilla subsistían entre tubos y sangre. El humo se levantaba, pero sin mostrar fuego. El viejo carro de los bomberos había logrado controlarlo con su agua a presión. Los dos comefuegos del pueblo estaban mezclando la gasolina derramada con agua para evitar una catástrofe mayor.

—Es Aquiles. Tuvo un accidente… —me dijo Genaro, el viejo amigo de mi padre que estaba parado en el extremo de la banqueta mirando como si fuera una obra de teatro. Era de los vecinos que conocía todos los chismes y calamidades del pueblo y siempre tenía tiempo para saber más. No me extrañó verlo ahí, en primera fila.

—¿Un accidente? —tuve que repetir admirado. Era obvio que se trataba del magnífico auto de Aquiles. Pero el estrago era increíble, parecía que un gigante lo había pisado sobre la carretera.

—El muchacho había bebido como un marino. Desde la mañana le vi dar vueltas alrededor del pueblo tomando cerveza. Aventaba las latas al terminar una —dijo el encargado de una tienda que vendía licor, un hombre calvo con complexión de espantapájaros que todos llamaban Paja.

—No debiste vendérselas… Es menor de edad —le recriminó Genaro.

—No lo hice, las compró ese viejo loco. El que no tiene brazo… Dos docenas de cervezas. Fue él quien se las dio.

Me agaché. Al lado de la cuneta descansaba una lata aplastada que expedía un olor dulzón a alcohol. La tomé entre los dedos como si estuviera infectada y la solté:

—¿Cerveza?

—Es una de ellas… Pobre chico. Creo que no soportó lo de tu hermana, Ray —expresó Genaro girando la cabeza y desaprobando todo el suceso: el uso desmedido del alcohol, conducir a altas velocidades, y yo creo que hasta el hecho de que Mago le rompiera el corazón.

—Viejo idiota… No debió dárselas.

—Aquiles era un buen conductor —murmuré mirando la lámina enroscada del accidente. Los pedazos amarillos en la carrocería asemejaban pinceladas en un tejido negro.

—Sí, pero se le cruzó la zorra —nos dijo Paja.

—¿La zorra?

—Sí, esa desgraciada que ha estado husmeando en mis botes de basura. La he viso por la noche, buscando sobras... Yo estaba arreglando esas cajas de envases vacíos para venderlos al tiradero de basura cuando la vi emerger del maizal. El auto de Aquiles se la pasaba dando rechinidos cuando giraba en las curvas, para acelerar en la recta... De pronto, la zorra dio un salto a la carretera frente al Dodge, sin importarle que venía a gran velocidad, la muy cabrona parecía retarlo...

—¿La atropelló?

—No, la esquivó. Tal como tú dijiste, se notaba que era buen piloto el chico. El auto se levantó en dos ruedas y salió del camino. La máquina voló por los aires. Dio una vuelta y cayó dando tumbos. Sólo se escuchó el metal arrugado... ¿Has oído cuando se dobla el metal, muchacho? Es horrible. Un ruido horrible —explicó el delgado vendedor de licores sin verme, observando cómo controlaban los bomberos el fuego y trataban de liberar el cadáver del exnovio de Mago.

—No, nunca lo he escuchado —admití. Imaginé que no era un sonido agradable.

—Sí, es un ruido horrible... —repitió como un eco en murmullo. Parecía que recordaba alguna otra vez que escuchó ese ruido. No dijo cuándo, pero movió los ojos al suelo. Eso fue más que suficiente para entenderlo. Suspiró y concedió—: no me acerqué a ayudarlo. Olía a gasolina. Una chispa podría incendiar todo... Una bomba, sí señor. Eso era una bomba.

—¡Podría haber estado vivo! —le tome del brazo agitándolo. Se me hizo una actitud egoísta de su parte.

—No, nadie sobrevive a eso... Lo pude ver. El muchacho apenas parecía un humano. Era uno de esos muñecos que usan para simular accidentes... He visto muchos percances, pero éste ha sido el más terrible —adoptó una posición seria, disculpándose de su acto. Tal vez tenía razón, nadie sale vivo de algo así.

—Aquiles murió... —masculló para mí, estupefacto.

—Es extraño, ¿no...? —comentó Genaro que estaba a mi lado—. Vean al jefe Argento ahí parado, mirando ese automóvil hecho puré. ¿No creen que es una coincidencia rara?

—¿Por qué? —pregunté.

—Es la misma curva donde él chocó hace años. Donde murió el muchacho Fierro. Sí, señor, el mismo lugar... En verdad es extraño —soltó torciendo su boca a un lado. El amigo de mi padre, Genaro, afirmó con un movimiento de cabeza sin responder.

Permanecimos mirando la operación de rescate del cuerpo. Cuando la ambulancia se lo llevó, conduciendo lento y sin la sirena, el jefe Argento se colocó su gorra de nuevo sobre el cabello y caminó al grupo de espectadores con las manos en el cinturón. Lo vi como un *cowboy*, de esos que salen en las películas con un sombrero texano y polvosas botas con espuelas.

—¿Jefe? —llamé alzando la mano.

—Hola, Ray... —saludó desganado, apenas levantando la barbilla en su gesto—. No ha sido una buena semana para el pueblo, ¿no crees?

—Podría decir que ha estado llena de calamidades... —completé. Su barbilla volvió a subir y bajar. *Calamidades*, le oí paladearlo. Creo que estaba asimilando la palabra.

—Lo sé. Me duele presenciar la muerte de un chico como Aquiles, con tanto que ofrecer. Tendré que buscar a su padre que está en la ciudad. Nadie quiere dar noticias así. No es la mejor parte del trabajo —murmuró mirando hacia mí, pero estoy seguro de que lo hizo para sí mismo.

—¿Cree que fue por lo de Margarita? —interrogué. Estaba inquietándome por la idea de que ese desfile de eventos fuera provocado por los viejos. Sé que era algo ridículo pensar que ellos podían intervenir en un accidente, mas no podía dejar de pensar en ello.

—El amor puede hacer mucho daño, Ray —exclamó el jefe Argento rascándose la melena debajo de su desgastada gorra.

—¿Sabe algo de ella?

—No, pero no dudes que la encontraremos —terció de inmediato, levantando el pecho y parándose firme. Quería mostrarse profesional, que mantenía la situación bajo control.

—Gracias, Jefe —se lo dije con afecto, tratando de sonreírle para que se sintiera bien. Al jefe Argento le gustó más mi respuesta al ver mi expresión. Pude observarlo de cerca, y analizar que era un hombre bueno. Alguien que se preocupaba por todos los habitantes del pueblo. Después de que torció los labios por unos segundos, bajó su cabeza y preguntó con un ligero cuchicheo:

—¿Tu mamá?, ¿está bien?

—Sí, señor.

—Eso es bueno —y se alejó de mí caminando pausadamente, tal como se acercó.

Aburrido de seguir viendo el accidente, donde sólo se distinguía metal destrozado y muerte, regresé a casa, a mi infierno privado.

8

NOTAS DEL LIBRO RELIGIONES Y DIOSES DEL MUNDO,
POR EL PROFESOR JOSEPH RED.

[...] así, hoy en día, el hombre actual sabe anteponerse ante los misterios del mundo de una manera racional. Para nosotros, los acontecimientos que nos rodean se explican a través de la ciencia. Ésta es la nueva religión en la que abocamos nuestra fe, pero no siempre fue así. El pensamiento racional no llegó como acto de magia en el humano. Fueron siglos de procesos mentales que conformaron el cerebro que hoy rige nuestra sociedad, para alejarlo de los mitos que explicaban cualquier suceso sin razón, como un rayo que golpea la tierra en una noche tormentosa. Era así que las sociedades antiguas explicaban estos sucesos mediante mitos, así creaban toda una intrincada trama afín a sus creencias y forma de vida para comprender lo ajeno. Algunas sociedades han sido influidas por otras, como los romanos lo fueron por los griegos, y estos mitos perduraron en el pensamiento social por siglos. Pero lo increíble es constatar que existen comunidades muy alejadas unas de otras que poseen mitos similares: el origen del mundo, el diluvio, el paso de una generación a otra de dioses, etcétera.

El afamado escritor y erudito de Nueva York, Joseph Campbell, ha llegado a esa misma conclusión comparando religiones y mitos de diversas partes de la Tierra. Incluso en sociedades distanciadas por el tiempo. El investigador nombra el "monomito" como un patrón básico hallado en muchos relatos extraídos de distintas culturas del mundo. Era un gran creyente de la unidad de la conciencia humana y su expresión poética a través de la mitología, y explicaba que esas leyendas y religiones cubren las necesidades básicas de las sociedades y unifican su sueño común en búsqueda de la felicidad. Campbell expresó la idea de que la totalidad de la raza humana podría ser vista como recitando una historia única de gran importancia espiritual. Esta misma historia se adapta con el tiempo o las ubicaciones geográficas de cada comunidad, adquiriendo toques locales y tomando aspectos diferentes o "máscaras", en función de sus necesidades.

Como la verdad última o el gran conocimiento de las religiones en todo el mundo no pueden ser expresados en términos sencillos, se usan metáforas de los sucesos, que son más accesibles al hombre común. Por lo que Campbell asegura que estas religiones están basadas en conceptos reales, pero deformadas para el entendimiento social. En un principio, los dioses no eran antropomórficos. Resto de estas concepciones son algunas de las grandes fiestas dedicadas a deidades con características de animales o monstruos gigantes. Muchas de estas fiestas tenían como finalidad apaciguar las potencias malignas a través de sacrificios, que eran desde ofrendas de productos cultivados, hasta la muerte de vírgenes. Pero con la evolución del humano, estos dioses empezaron a tener un perfil cada vez más cercano a sus súbditos, los mismos humanos. No sólo eran ya antropomórficos, sino que poseían las debilidades de la raza humana, como envidia, orgullo, ira o maldad, logrando con ello crear un panteón de dioses que reflejaban el perfil de los de su especie, mezclando la divinidad con lo humano.

Esto produjo un grupo de dioses que manipulaban las guerras, las decisiones políticas o los simples eventos naturales, como la lluvia para los cultivos, de acuerdo con su personalidad...

Parte III

El atardecer de la fe

1

La mañana siguiente, al salir de casa, lo primero que vi fue a la señora Fierro arreglando las plantas del porche de su casa. Vestía unos ajustados pantalones negros y una playera de deportes. Estaba sudada y su piel brillaba con el reflejo de la luz. Caminé hacia su casa, paladeando la escena. No parecía verme, pues continuó cortando las hojas secas con las tijeras, tarareando una canción.

Pensé que parecía una diosa, la encarnación de Hera. Si los dioses existieran y caminaran por la Tierra, tendrían el aspecto de ensoñación como el de la señora Fierro, no la apariencia de viejos decrépitos.

La bella mujer alzó los ojos, que se cruzaron con los míos. Yo permanecía como un tonto, parado en la mitad de su jardín, disfrutando la vista.

—Buenos días, Ray… —me dijo levantando sus labios e iluminando su rostro con esa sonrisa que me hacía soñar con ella desnuda.

—Hola… buenos… señora… —tartamudeé.

—¿Tan temprano sales de casa? Deberías aprovechar que es verano y no hay clases. Leer un libro en tu cama —comentó sin quitar su placentera sonrisa.

—No quiero permanecer en casa… —murmuré volteando a mi hogar. Aunque el concepto de hogar había desaparecido. No importaba que no fuera bello o interesante. Importaba que ya no era hogar.

—¿Tan mal están las cosas? —preguntó asombrada.

—Algo, señora —solté, arrepintiéndome de lo dicho. Ella podría contárselo a mi madre. Sé que no salía mucho de casa desde lo de Margarita, pero podrían hablar por teléfono. Temblé ante la idea de recibir un sermón de mamá en el que me preguntaría por qué estaba yo ventilando nuestros problemas personales con gente del pueblo. Ella era hermética, y mantenía toda su vida con el máximo de reservas.

—Creo que tienes razón en huir. Yo haría lo mismo… —explicó pasándose la manga de su playera por la frente para secarse el sudor. Giró su rostro hacia la carretera y a su automóvil que descansaba al lado de su casa cubierto por una cama de hojas del árbol de jardín—. Bueno, en verdad, lo hago. Me voy a la ciudad. Tanta dosis de perfección pueblerina me agobia.

—Es buena idea, señora —admití, sintiendo un poco de celos porque ella podía hacerlo y yo estaba encadenado al pueblo. Pensé que me faltaban sólo un par de años de escuela, pronto estaría listo para ir a la universidad. Debería de salir de aquí antes, mucho antes de que los viejos también me mataran, me dijo mi voz interna. Sentí un escalofrío ante la idea.

—Que tengas buen día, Ray —se despidió la bella mujer, entrando en su casa.

—Gracias —respondí, seguro de que no me escuchó.

Molesto por la plática, y por mi actitud con la mujer de la que estaba enamorado, decidí continuar mis investigaciones. Pasé por el terreno de Álvaro, donde los visitantes estaban estacionados. Había movimiento, pero era distinto. Todos parecían muy trabajadores, limpiaban y arreglaban sus artículos. Miré desde mi escondite por casi media hora. No vislumbré a los viejos. Ni al hombre de los tatuajes, ni al calvo. Sólo estaba la mujer oriental, que lavaba trastos en una cubeta llena de agua. Cansado de la vigilancia, fui a la ferretería de mi padre a pedirle dinero para comprar algún dulce en la tienda de la señora Delia.

Dejé la bicicleta al lado de la ferretería y entré. La vi más oscura que de costumbre, como si la luz hubiera bajado de intensidad. Adentro, el aire se había descompuesto y se sentía el ambiente cargado, caliente y era difícil respirar. En el mostrador estaba mi padre en camiseta, abanicándose con el periódico.

—No te escuché salir en la mañana, jovencito. Si crees que por lo que hizo tu hermana dejará de haber reglas en casa, estás equivocado —gruñó malhumorado, moviendo su grueso bigote de un lado a otro.

—Fui a la biblioteca con la maestra Sagrario —mentí. Dije eso, pues era un lugar en el que nunca preguntaría si estuve o no. Mi padre no era hombre de libros.

—No importa, la siguiente vez, avisa adónde vas —volvió a gruñir, colocando su diario a un lado. Era el periódico local, donde se anunciaba que habían capturado a un sospechoso del asesinato del señor Romero y se estaban haciendo las averiguaciones para montar el caso. Era la noticia principal, los asesinatos eran cosas extrañas en el pueblo—. Creí que teníamos un trato: me ayudarías en la tienda y yo te compraría tus revistas.

—Bueno… yo… —no supe qué decirle, lo había olvidado por completo. Después de la llegada de los viejos, toda mi vida cambió. Primero el asesinato, lo de Margarita y más eventos que me hicieron olvidar el trato que teníamos mi padre y yo. Sentí vergüenza por ser tan desconsiderado.

Al verme, papá alzó sus grandes hombros y sonrió amable:

—Olvídalo, Ray. Ya las cosas no podrán ser iguales… Si deseas haraganear por el pueblo en tus vacaciones, está bien. No soy quién para decirte qué hacer. Eres buen estudiante y buen chico. No podría pedir más.

Creo que mi padre nunca había dicho algo así sobre mí. Cuando llevaba las calificaciones, recibía una escueta felicitación que apenas lograba escupir. Lo veía como algo normal, que no diera problemas y llevara mi escuela bien, como una preconcepción de que no sería yo el hijo de los problemas. Quizá la vida me hizo así para nivelar el caótico mundo de Margarita.

—Lo siento… Si deseas, te vuelvo a ayudar —me ofrecí.

—El aire acondicionado está descompuesto y este lugar es un horno. Mejor que sólo lo sufra yo, Ray —indicó papá señalando el cubo del aire que estaba adosado al muro. Siempre, en tiempos de calor, las máquinas del aire se descomponían. Escogían esas fechas para volver locos a los habitantes del pueblo pues solamente había un técnico que las reparaba. Los veranos el técnico hacía su agosto yendo de local en local, arreglando los motores averiados.

—¿Podría pedirte un favor? —me acerqué penoso.

—¿Es dinero? —cuestionó mi padre abriendo su caja registradora, sin esperar a que yo le respondiera.

—Sí…

—Toma. No lo malgastes —dijo entregándome un billete. Era una buena cantidad.

—Sólo un dulce… y compraré revistas —comenté. A papá le gustaba que comprara mis historietas. Para él, eran tan buenas como los libros. Incluso hubiera aprobado mis lecturas si éstas fueran manuales de herramientas o directorios telefónicos. Lo que fuera, mientras fuera para leer.

—Regresa antes del anochecer —señaló más serio—. El tuerto Álvaro vino la otra vez a comprar tornillos y tuercas para su taller y se quejó de que has estado molestando a sus invitados.

—No. Lo juro, papá... —temblé ante el comentario. No había sido tan sigiloso como había pensado. Mi vigilancia era tema de charla en el pueblo.

—No te mezcles con esa gente. No sabemos de dónde vienen o si tienen otras costumbres. Mejor será que dejes de ir a aquel terreno —me dijo. Para papá, todo lo externo era malo. No le gustaba probar cosas nuevas, era la imagen perfecta de la mentalidad del pueblo. Odiaba ir a la ciudad, pues la consideraba ruidosa y maloliente. Creo que le agobiaba y prefería estar en un entorno más pequeño que pudiera controlar.

—Lo haré, papá.

—Fuera de aquí... Ya veo sudor en tus mejillas —ordenó.

Salí corriendo de la ferretería con un gesto de placer. Papá podía ser papá, y eso implicaba muchas cosas en las que no coincidíamos, pero era un buen hombre. Creo que era lo que más le admiraba.

Caminé por la parrilla caliente en la que se había convertido la calle, tratando de buscar las sombras que proyectaban los toldos de los locales para cubrirme del sol. El centro del pueblo estaba vacío. Pero lo que más se resentía era la ausencia del anciano Isaías sentado en la banca del peluquero. El lugar vacío era el símbolo perfecto de que algo malo estaba pasando. Al verlo, sentí un dolor de estómago, sin embargo era mi cabeza la que me indicaba que las sombras estaban establecidas en Villa Sola, y que era mi obligación hacer algo para que la comunidad completa no terminara destruida. Reflexioné que un muchacho solo nada podría hacer. Que era una pelea absurda.

Entré a la tienda de víveres de la señora Delia. Al verme, su perro comenzó a ladrar moviendo la cola. El can permanecía a un lado de la caja registradora, donde dormía en su colchón. Me fui a la zona de los refrigeradores y busqué un refresco con el que acompañaría un chocolate relleno con nueces.

Cuando estaba mirando las diversas marcas de refrescos, un golpe en mi nuca hizo que mi cabeza rebotara en el cristal, obsequiándome un ligero chichón. Quejándome, volteé a ver qué había pasado, eran Ulises y su hermano, que ya ponían su cara de cavernícolas para hacerme sufrir el día.

—Mira, Horacio, el Marciano —dijo el gemelo Leonel. Era de admirarse que tuvieran el suficiente cerebro para recordar lo del libro de Ray Bradbury en días anteriores.

—¿Huyendo de tu nave espacial, enano? —susurró el otro gemelo apretándome el antebrazo y apretando con fuerza para que no huyera.

—Vengo a comprar un chocolate, ¿también ustedes? —traté de charlar casual, pensando que si era amable con ellos evitaría cualquier acto de violencia a mi persona. No deseaba terminar igual que en mi último encuentro.

—Nosotros compramos alcohol... Míranos, ya somos grandes, idiota —explicó Ulises sacando un paquete de latas de cerveza del refrigerador. Recordé que los había visto con los viejos, seguro era para ellos.

—Tenemos trabajo... —dijo el otro, apretando más mi brazo. Me quejé, y eso le gustó.

—¿Con los extranjeros? —logré preguntar.

—Sí, con las momias... Pagan bien y nos regalan unas latas, niñita —informó presumiendo el gigantón Leonel. Cerró su puño y lo acercó lento a mi barbilla, disfrutando el gesto en mi cara, cualquiera que éste hubiera sido.

—Déjalo con sus chocolates... Tenemos que entregar el pedido —su hermano interrumpió el acoso, me soltaron. Mas Ulises no se separó de mí, mientras su hermano llevaba los paquetes de cerveza al mostrador para que le cobraran, permaneció a un palmo de narices de mí. Siseando como una serpiente, musitó:

—¿Sabes lo que dicen de ti? El hombre de los tatuajes me dijo que sabes mucho, que deberán matarte.

Sentí pánico. No por los puños de Ulises, ya los conocía y sabía que tan sólo me provocarían un labio hinchado, sino porque ahora involucraba a esos viejos en sus amenazas. Desconocía qué sabían de mí, pero quizá tenía que ver con lo que descubrí en la biblioteca.

—¿A... mí? —susurré sin poder esconder mi nerviosismo.

—¿Y adivina a quién contrataron para hacerlo? —preguntó complacido, disfrutando que pudiera beber mi terror. Estaba seguro de que para ellos eso era más embriagante que una cerveza.

—A nosotros, Marciano. Sí, te vamos a matar —masculló de tajo, alejándose dramáticamente de mí.

—¿Todo bien, chicos? —preguntó desde el mostrador la señora Delia. Su perro comenzó a ladrarnos. Cuando Ulises se alejó de mí, terminó el ruido. Sin poder quitar su gesto de placer, respondió a grito pelado:

—Sí, señora Delia. Llevamos el mandado de los señores.

La señora Delia colocó los paquetes de latas de cerveza en bolsas y entregó el dinero del cambio a Horacio. Al ver que estaban listos, Ulises corrió para alcanzar a su hermano, dejándome en la zona de refrigeradores.

—Gracias. Dígale al señor Pedro que es un placer que ellos estén aquí... —dijo la señora Delia lamiéndose la boca mientras guardaba el dinero. Me sorprendió que no hiciera ningún comentario negativo sobre ellos, los visitantes, sabiendo que eran extraños. Le había oído escupir pestes contra el pobre de Isaías por su condición de migrante, pero era obvio que mientras hubiera dinero de por medio, sus opiniones cambiaban drásticamente.

—Adiós Marciano. Reza mucho, son tus últimos días —añadió Ulises, señalándome, antes de salir.

Ese encuentro desató un terrible miedo en mí. Pensé que mi vida corría peligro y que si no actuaba rápido, algo malo sucedería. De inmediato fui con el jefe Argento, pues pensé que si alguien podía detener a esos hombres, sería él. No sólo por su perfil de jefe de la seguridad en Villa Sola, sino porque lo creía un hombre fuerte que no se doblegaría ante las triquiñuelas de esos seres. Yo cada vez estaba más seguro de que no eran humanos.

La oficina de la policía estaba adosada a un lado del palacio de gobierno. Tenía un acceso distinto para dividir los niveles de los gobernantes con los de la policía. Al señor Sierra, nuestro regente, le gustaba mantener un estatus alto en sus oficinas, con elegantes muebles de marca y pantallas de televisión en todos los salones. Pero en el caso de la policía, el jefe Argento pensaba lo contrario, pues el departamento eran cuatro paredes pintadas en color verde olivo, con un par de escritorios baratos al centro y cientos de archiveros donde se guardaban los casos y las infracciones locales. Había dos puertas al fondo: una era un baño; la otra, la cárcel. Ésta no era más que un cuartucho con un camastro. Nada de rejas ni barrotes como en las películas: apenas una reja de aluminio en la ventana, que se caería con tres patadas.

Al entrar a su recinto, encontré al jefe Argento sentado sobre su escritorio con la mitad de su trasero al aire. Llamaba por teléfono y su rostro no mostraba buenas noticias. Estaba pálido, con ojos angustiados. Si algo le afectaba a ese enorme hombre, debía ser algo muy malo.

—Necesito hablar con usted, jefe —le dije parándome frente a él.

Primero levantó su mano y me hizo un guiño para que me esperara un poco, pues atendía el auricular. Se mantuvo en silencio un rato hasta que movió la cabeza, como si recibiera órdenes del otro lado de la línea.

—Bien... gracias... los espero —terminó y colgó el aparato. No volteó hacia mí, sino que se llevó la mano al rostro y se restregó los ojos. Los mantuvo cerrados por otro tiempo más y con un largo suspiro, se dirigió a mí:

—Ray, hoy no es el mejor día para tonterías. Tengo un hombre muerto en la cárcel.

—¿Otra muerte? —solté en un grito. No de terror ni admiración. Molestia era lo que mostraba mi voz: los viejos nos iban ganando por mucho.

—Isaías se suicidó. Se colgó con su cinturón... Esperaba realizar unas investigaciones sobre el asesinato del señor Romero, cuando llegué hoy y lo descubrí. La ambulancia vendrá por él en unos momentos —me informó levantándose y caminando de un lado a otro de su despacho. Aunque la muerte de su sospechoso era algo preocupante, su tono aparentaba tranquilidad.

—¿Se suicidó? —coreé de manera boba. El jefe Argento movió la cabeza confirmándolo.

—Sí, el muy tonto... Sé que estaba desesperado. No era seguro que se le acusara de asesinato, pero con ese acto idiota nos comprobó que lo hizo —explicó ajustándose la gorra de béisbol que tenía en su escritorio.

Caminamos ambos hasta la pared fina de la oficina. No pensé que me dejaría pasar, pero así lo hizo: abrió la puerta con la llave, y me lo mostró. Estaba ahí, con la lengua de fuera, colgando de la lámpara, amarrado con su cinturón. Era el tercer muerto que veía en mi vida: el señor Romero, Aquiles y, ahora, Isaías. Todo, en pocos días. El viejo Isaías se veía más decrepito que de costumbre, había bajado de peso y su piel empezaba a tornarse ligeramente azul. Su barba blanca resaltaba más. Pero su gesto no era de dolor, parecía como si durmiera. Sólo el hecho de que tuviera la lengua de fuera lo volvía inquietante.

—Parece... tranquilo —tuve que admitir.

—Sí. Yo también vi eso, chico. Si algún día me voy, deseo tener esa cara... Pobre viejo —opinó el jefe, colocándose sus manos en el cinturón sin quitar la mirada del cadáver.

—¿Qué sucederá?

—No lo sé. Siempre hablaba de una hija o hijo, pero no creo que viva en el país. Tendremos que enviar un correo informando. Supongo que lo enterrarán en la fosa común —respondió jalándome con su mano en mi espalda para conducirme hacia la oficina de nuevo. Cerró la habitación con llave, como si temiera que el muerto pudiera escaparse.

—Es horrible...

—No tengo idea de cómo será un entierro judío. Podría preguntar —comentó rascándose la patilla.

—Creo que no era judío, señor. Todos le decían judío, pero era gitano —volví a corregirlo. No pareció escucharme al principio, pero después de comprender lo que dije, bajó su mirada hacia mí y soltó:

—Bueno, eso ya nunca lo sabremos.

—No, creo que no —le di la razón. El jefe se quedó mirando: estaba pensando quizá que no había sido tan buena idea enseñarme el cadáver. Eso lo pensé cuando me dijo:

—Me voy a molestar si le dices a tu madre que viste el cuerpo. Son el tipo de cosas que la agobian.

Fue gracioso pensar que le tenía miedo a mamá. Supongo que como crecieron juntos, conocía su forma de ser.

—No le diré, señor —dije para que no se preocupara por ese asunto. No le completé que en ese instante, con las locuras de mi hermana, no se le podía decir nada a mamá. Absolutamente nada.

—Gracias… —sonrió— ¿Qué pasa?, ¿cuál es la urgencia?

—Le quiero hablar de algo, jefe Argento. De las cosas que están pasando. No sólo fue lo que sucedió con el señor Romero, sino también lo de Mago. Vi el otro día como se peleaban los primos del camión de basura. Y la muerte de Aquiles… Y ahora… eso —señalé hacia el cuarto. Traté de decirlo serio para que no me corriera del lugar al primer intento. Su rostro se descompuso, torciendo su boca a un lado:

—Lo de Aquiles fue un accidente, Ray. El chico bebió de más y condujo de manera tonta. Yo sé que esa curva es peligrosa… —lo dijo con tono severo—. Me enteré que ese par de idiotas, los primos del alcalde, pelearon. Fue una salvajada inútil chocar el camión con el poste. Algún cabeza hueca les metió la idea de que los iban a despedir para contratar a una empresa de la ciudad.

—¿Por eso pelearon?

—Destruyeron el maldito camión. Estarían en la cárcel si no fuera porque el alcalde intercedió por ellos. Todo esto apesta.

—Lo sé… —y retomé mi explicación con gran velocidad y de manera atrabancada por el nerviosismo de decirlo—: parecen accidentes. Quizá sucesos sin relación, jefe. Pero hay algo en común en todos: son los viejos, los extranjeros que están en el lote baldío del tuerto Álvaro. Ellos son los culpables.

Frunció el ceño, quitándose la gorra. Volvió a sentarse en el extremo del escritorio con los brazos cruzados.

—Eso es algo grave. Lo que dices no es juego: no puedes acusar así a alguien, Ray. Sé que tu padre te ha educado bien, y que eres un muchacho con cerebro. No eches a perder esa impresión que tengo de ti.

—Es la verdad, jefe. Se lo juro —insistí.

—Ray, no estoy para juegos… Si es por lo de tu hermana, no dudes que me pondré a buscarla apenas salga del papeleo —gruñó empezando a mostrar señas de que estaba molestándose conmigo.

—Ellos son los culpables. Tengo aquí las notas, mire… —le dije, extrayendo de mi mochila las notas que había transcrito del libro que encontré en la biblioteca. Eran apresurados apuntes en un cuaderno a rayas. Lo tomó y leyó algunos párrafos, sus ojos se abrieron más.

—¿Qué es esto?

—Son las notas que tomé de un libro de la biblioteca de la maestra Sagrario. Sobre dioses antiguos… Seres que regían la humanidad en el pasado —expliqué señalando las descripciones de cada uno de los viejos, o al menos las que creía que les correspondía.

—¿Y eso, qué? —levantó los hombros, aventando mi cuaderno a un lado, en su escritorio.

—Son ellos… No son humanos. Son como dioses, o algo así. Quizá no tengan tanto poder como antes, pues ya no creemos en ellos. Pienso que están buscando sacrificios. Muertes humanas en su honor para seguir existiendo. Por eso han desatado todo esto —le solté mi teoría.

—¿Dioses?, ¿me estás diciendo que esos decrépitos vejetes son dioses? —alzó la voz desesperado por mi planteamiento que, escuchado de su voz, inclusive a mí me sonó a charada de un niño.

—Sí, jefe, en busca de sangre y de intrigas. Son... Tezcatlipoca... Marte... Véalo usted mismo. Son los mismos —tomé de nuevo mis apuntes, manoteando con ellos angustiado de ver cómo su rostro se descomponía en muecas de malestar.

—¿Piensas que debo creer esa tontería que me estás contando, Ray? —explotó con un grito. Trató de calmarse, y me dijo después en un tono más tranquilo—: mira, yo no soy tu padre. No me interesa darte lecciones, pero creo que estás trastornado. Tú prometiste no hablar del cuerpo con tu madre, y yo prometo no acusarte por esta locura. Pero debe terminar inmediatamente.

—¡No, se lo juro! —grité yo.

—¿Esto lo sabe tu madre o padre? Esto es... ridículo —murmuró con los dientes apretados. Girando los ojos, mostrando cansancio o hartazgo de la charla.

—Tiene que creerme... Si no los atrapa, seguirán haciendo cosas —imploré. El jefe Argento era el único que podría creerme. Pero no encontré nada en sus ojos, sólo malestar.

—¿Los viste hacer algo?, ¿te dijeron algo que los inculpara? —cuestionó señalándome como un maestro que pregunta por la tarea a su alumno.

—¡Fueron quienes dieron la cerveza a Aquiles! Vi al de la trenza hablar con los primos de la basura antes de que pelearan. Hablaban de manera extraña como si supieran más de lo que dicen. Si investiga, lo encontrará —acepté con la cabeza baja. No tenía pruebas, lo sabía.

—Hasta tu papá ha comprado cerveza a los chicos. No es un delito grave, en este mugroso pueblo no hay nada más que beber. Ya te veré a ti en un par de años pidiendo que alguien te compre un par de latas...

—No es sólo eso. Pregunte, investigue.

—No puedo, Ray. Estoy con el trabajo hasta el cuello... Además, ya se van —explicó sentándose ahora en la silla de su escritorio, arrojando su espalda para atrás como si descansara.

—¿Se van?

—Sí, Álvaro me avisó que son sus últimas noches aquí. Le pagaron renta por su terreno. Parten ya, sólo son turistas. Eso es lo que hacen: ir de un lado a otro, conociendo nuevos lugares. En este pueblo no les podemos ofrecer mucha diversión —expuso retornando a su voz pausada y tranquila. El malestar había desaparecido.

—Huyen... —dije para mí.

—Ray, sé que las cosas no han salido como todos quisiéramos. Pero debemos mantener la calma. Yo sé que eres inteligente, más que yo... Ve con tu familia, calma a tu mamá. No le diré nada a ella ni a tu padre. Todo regresará a la normalidad. Te lo prometo —dictó con tono paternalista, incluso terminó con un gesto amable, sonriente. Dio una palmada, y arrimó el cuaderno a la esquina, como esperanzado porque lo tomara de nuevo.

—Jefe... —iba a volver a decirle todo. Pero me interrumpió con su voz grave que llenaba cualquier lugar:

—No voy a discutir más. Fuera de mi oficina, chico.

Lo miré unos segundos. Sentí mucha rabia. Creía en él y pensaba que era un hombre justo, pero su falta de interés me había decepcionado. Molesto, le di la espalda y salí a grandes zancadas de su oficina dejando mi cuaderno en su escritorio.

Pequeñas voces en mi cabeza preguntaban si no estaría yo en un error y me insinuaban que todo era una locura fruto de mi mente. Como respuesta ante el destino, sin darme cuenta por dónde caminaba, me enfrenté a los viejos extranjeros de la casa rodante; estaban sentados en la calle, donde Isaías acostumbraba hacerlo. El de los tatuajes bebía una de las cervezas que los gemelos Leonel habían comprado. El resto del paquete lo mantenían debajo de sus pies. El otro, el calvo, bebía un licor de una anforita de cristal. Al verme, alzaron sus bebidas.

—¿Mal día, soldado? —me cuestionó el manco. No pude contestarle de inmediato. Sentí que me habían estado espiando y sabían que el jefe Argento me había mandado a volar, por eso tenían ese gesto de triunfo.

—Un poco… —logré decirles, dando un paso hacia atrás. Ese movimiento pareció alegrarles. El del tatuaje soltó una risita picaresca.

—Primero estás en la escena de un crimen. Ahora pasas mucho tiempo con ese policía. ¿Te atraen esas historias macabras, chico? —preguntó.

—No… no precisamente.

—A mí me gusta la idea de la muerte, ¿sabes? —el manco comentó de manera casual, volteando hacia su compañero como si cambiara el tema de su plática—. Es un concepto muy olvidado por la humanidad. Lo dejan a un lado como algo que no desean tocar. Lo ponen en el anaquel más alto, como si fuera veneno, y no hablan de él hasta que alguien fallece. Entonces la gente platica sobre cómo fue el difunto. Lo que hizo, lo que amó y que dejó. Pero no hablan del acto en sí, de la muerte. El fin…

No supe qué contestar. Mis piernas temblaban de terror. Unía las palabras de los Leonel con el discurso que me acababa de dar, y no era muy esperanzador.

—También puede ser un principio, idiota... Ustedes lo ven así, nosotros lo vemos como un escalón —gruñó el indígena rascándose el bíceps donde tenía al caballero águila.

—¡Vamos, Pedro! ¡Tú tienes de indígena lo que yo tengo de bailarina! Eres un fraude como minoría... ¡Vives en una casa rodante! ¡No jodas! —gritó colérico el calvo, como ya lo había visto, peleando con su compañero por tonterías.

—Sí y, por desgracia, contigo, viejo decrépito —bromeó el de la trenza. No pareció gustarle seguir con el pleito y se agachó por una de las cervezas del paquete para ofrecerme—: ¿Una, muchacho?

—Me pueden ver, señor. Mi padre se molestaría conmigo —respondí. Lo que deseaba era librarme.

—¿Lo ves? La idea victoriana de niñez echó a perder el mundo... Inocencia, perdurar la inocencia... decían. Antes del siglo xix los chicos como tú bebían vino, cogían con putas y peleaban con una bayoneta en las guerras. Las niñas ya habían procreado dos críos. Las desvirgaban a temprana edad. Y todos felices. Ingleses recatados... echaron a perder el mundo —refunfuñó el manco antes de beber un buen trago.

Volteé hacia la oficina del jefe de policía que había dejado atrás, pensando por qué no les llamaban la atención por beber en la banqueta. Yo mismo me contesté: porque son viejos. Siempre somos condescendientes con ellos, les damos libertades que otros no tendrían pues los consideramos al final de sus vidas, cerca de la muerte.

—Usted sabe mucho de historia —lo reté. Aunque estuviera aterrado, no deseaba mostrarme así.

—Nada… no sé nada, soldado. Es la vida, la escuela de la vida —soltó alzando su mano y el pedazo de la otra que tenía cercenada. Su voz fue nostálgica, en un tono que no le conocía.

—Y mucho alcohol —completó el de los tatuajes.

—¡Tú, calla, pomposo travesti social! Eres igual de persignado que esos idiotas. ¿Un azteca con moral? ¡No me digas! Eso sí es nuevo… —el manco lo enfrentó molesto, levantándose de manera retadora como si buscara pelear. Pero el moreno de los tatuajes se quedó igual, sonriendo y dando sorbos a su cerveza.

—Creo que debo irme —encontré el momento de liberarme de ellos.

—¿Te damos miedo, soldado? —se volteó hacia mí olvidándose de su compañero el manco.

—Eh… no… —tartamudeé.

—Tu miedo podría untarse en pan y comerse como jalea —susurró, acercando su cabeza a mí, y ofreciéndome de nuevo su tufo alcohólico.

—Nos vemos luego —me despedí, caminando hacia atrás. El manco no hizo ningún movimiento mientras me alejaba. Al ver que permanecían en sus posiciones, giré y caminé rápido hacia la esquina. Al llegar a ésta, doblé y así dejé de verlos. Estaba literalmente orinándome del miedo.

2

Me levanto de la cama, desperezándome. Estiro los brazos lo más que puedo hasta que los huesos crujen cual varas de pan ante un mordisco. *Trak, trak...* retumba en mi cuarto.

Mis ojos van saltando de un lado al otro, recordando ese espacio que fue mi santuario por tanto tiempo. Duermo en mi antigua recámara, la que mi padre cedió a los hijos de mi hermana cuando ella regresó a vivir aquí después de su segundo divorcio. No están mis carteles de Star Wars ni el poster de Nastassja Kinski desnuda, tapada solamente por una enorme boa, esa imagen que tanto odiaba mi madre pues la consideraba pecaminosa. Todo cambió por temas más actuales: el cartel de un videojuego que nunca he jugado, pero que sé que trata sobre soldados espaciales que revientan cabezas alienígenas con armas de gran poder. Y hay otro cromo de una diva femenina. No importa que los años pasen, siempre habrá una actriz o cantante por la que hay que suspirar siendo niño y que actuará en tus fantasías sexuales. Para mis sobrinos es Selena Gómez, vestida como Madonna lo hacía treinta años atrás. Podría decir que no es lo mismo, que esa infanta seudocantante es un producto creado por la mercadotecnia, pero me respondo yo mismo que así eran también las de mi época. Chicas lindas, vestidas de manera sensual, con voz melodiosa y un aparato publicitario detrás.

Una televisión de pantalla plana me mira desde un mueble con su ojo dormido en negro. De niño nunca tuve televisión en mi cuarto. Sólo teníamos una, y estaba en la sala de estar, donde todos veíamos los programas y teníamos que hacer tratados políticos dignos de la ONU para elegir la programación de cada noche. Hoy, esta casa posee cuatro pantallas y casi todo el tiempo están encendidas cuando rondan por aquí Mago y los niños. El ruido que impera en las habitaciones cuando esto sucede es para volverse loco, como si cada quien tuviera su manicomio personal. Lo más triste es que casi no hay libros. Tan sólo unos pocos, dispersos en los anaqueles. Papá guarda copias de los míos en su cuarto y los niños coleccionan una decena de *best sellers* juveniles que seguro no han leído pues se esperaron a ver la película. Yo era el único que amaba la literatura. Y mamá, claro.

Salgo a la cocina con un caminar estilo zombi, arrastrando los pies y gimiendo a cada paso. Espero que los niños no me vean, con su obsesión por los videojuegos seguramente tratarán de dispararme en la cabeza por mi aspecto de muerte viviente. Hago una escala. Me asomo al cuarto de papá. Mi cabeza entra a su dormitorio para distinguirlo entre sus tubos y sábanas, aparentemente duerme tranquilo. Esa tranquilidad le está reservada a los que fueron buenos. Deseo irme de esta vida como él: sin nada que me persiga. Así, aunque tu cabeza esté tocando el mundo de los locos y hayas dejado de percibir la realidad, podrás descansar porque estás limpio.

Sigo caminado, quejándome a cada paso. Al llegar a la cocina, me encuentro a Mago detrás de una taza de café de la que sorbe poco a poco. El pelo alocado con rastros de almohada, ropa deportiva ajustada que nunca será manchada por sudor pues es para sentirse cómoda, no para hacer ejercicio. Se ve bien. Al menos, no tan mal como yo.

—Buenos días, Pigmeo —dice. Percibo una sonrisa, si no lo es por lo menos hizo un gesto. No sé cuál.

—Bueno días, loca —respondo sirviéndome una taza de la cafetera automática que les regalé hace dos navidades. Me colocó a su lado y la imito: sorbiendo el café igual, en dosis pequeñas.

—Los niños se fueron a la escuela —informa. Era más que lógico, pero lo dice hace antes de que yo pregunte. Sabe que no estoy acostumbrado a esa rutina de mañana-colegio-quehaceres.

—¿Despachados ya?

—Con todo y almuerzo… —complementa su información. Otro sorbo a su café.

—¿Y se lo comen? Lo pregunto pues si algo heredaste de mamá fue su arte culinario. Sé que no es un cumplido, pero estamos en la hora de franquezas al dos por uno —suelto con ganas de molestar y jugar un poco. Me hace falta la soledad de mi departamento de ciudad. Mi gato nunca responde las indirectas.

—Aunque no lo creas, eso sí lo superé: puedo ser un desastre en muchas otras cosas, pero la cocina se me da. Había que tener algo que no desilusionara a mis hijos ¿no crees? —responde con dos gramos de orgullo. No llega a llenar el envase, pero lo suficiente para notarse en su hablar. Estoy con ella con respecto a esa opinión. He comido sus guisos y debo decir que superaron a los de mi madre.

—¿Por qué crees que los desilusionarías? —cuestiono dejando la taza a un lado. No me gusta esa actitud de mártir y víctima que ha tomado. Es dueña de sus decisiones, y no todas han sido tan erradas como yo las vendo.

—¿Dos matrimonios?, ¿hombres que entran y salen por esa puerta? ¿Trabajos intermitentes? —explica. Tiene razón, hay una buena colección de erratas en su vida, pero no para suicidarse—. Es imposible competir con el tío que es un famoso autor. Siempre la tendré perdida.

No me gusta la insinuación. Soy un humano como cualquier otro, mucho más corriente que común. Tan imperfecto, que dejo la taza del escusado arríba y nunca lavo los trastes del fregadero. Todo eso, y mi mente infantil, no me vuelve maravilloso, sino un ser despreciable. Más si lo ves desde el punto de vista de una mujer.

—No son carreritas. Aún puedes vencerme en luchas... Me das palizas en eso.

—Eso tú lo sabes bien, así que mejor no me hagas enojar —enseña el puño. Es dura como un luchador profesional. No sólo cuando éramos chicos me vencía, una vez lo intentamos siendo grandes y terminé con la espalda pegada al suelo mientras ella me montaba sin dejarme mover hasta que le dijera que era la campeona.

—Hago libros, historietas... Es todo. No soy un premio Nobel y estoy lejos de ser Stephen King, con casas en Florida y un castillo en Maine.

Mago se interesa al escuchar lo último: supongo que cree que buscar a King para tratarlo de seducir no es tan mala idea como suena, especialmente si con ello se acaban sus problemas financieros.

—¿Tiene un castillo?

—Una mansión... muy grande.

Con mi enmienda, el escritor de novelas de terror pierde el encanto. Toma de nuevo su café y suspira:

—Bueno, pero tú eres el personaje famoso en este pueblo.

—No creo que sea muy difícil eso. Me la pusieron fácil. Aquí sólo hay maizales y calabazas. Cualquiera puede ser famoso.

—Lo fuiste tú —me pega directo, como si fuera un penalti conectado en el punto ciego.

—Vale... Ya ganaste. No puedes competir conmigo. Pero tienes a tus dos monstruos, has cuidado a papá y mantuviste por años esta casa para que no se derrumbara cuando decidí irme. Creo que es más que suficiente —decido lanzarle confeti y serpentinas para que terminemos eso de ser víctima por el día de hoy. No me gusta el concurso de ver quién es más miserable. En eso no hay ganador—. Además, no he tenido una relación estable en tres siglos...

—¿Y Carolina? —toque final, rematado con un tiro a la cabeza. Hemos llegado a los temas tabú. Ya me extrañaba que no hubiera sucedido antes. Alzo los hombros, expresando:

—La única en toda mi vida. No suena como que yo sea alguien con una amplia gama de sentimientos. Y déjame decirte que sólo se acostaba conmigo porque pensaba que era famoso, como tú lo crees. Cuando se dio cuenta de que había escritores que ganaban premios, que los entrevistaban en la televisión y que la crítica los adoraba, me botó.

—¿Te dolió, Pigmeo? —ahora está metiendo el dedo en la llaga. Pero es Mago, con ella puedo hablar libremente.

—De puta madre... —respondí molesto, con ojos bajos, llorosos. Me tocó la parte débil. Estuve a punto de berrear en su hombro como un bebé, pero me contuve. Tuvieron que pasar meses tras la ruptura, y estar detrás de un café con mi hermana, para asimilar que me habían dejado, y que era un fracaso en el amor—. ¿Eso es de famosos? ¡No, ésos salen en revistas abrazados por bellas modelos con ropa que cuesta lo que esta casa! Yo soy sólo un artesano calificado de las palabras.

—Me gustó... artesano calificado —susurra paladeando mi frase como si fuera uno de sus sorbos de café—. Siempre has tenido frases domingueras, hermanito.

Un timbre que retumba por toda la casa. Es horrible, un zumbido del demonio que podría ahuyentar a cualquier vendedor que toque el frente de la casa. Teniendo una ferretería, no entiendo por qué papá no cambió el aparato por uno menos escandaloso. Mago se levanta extrañada por la repentina visita:

—¿Quién podrá ser a estas horas?, ¿esperas a alguien?

—Bueno, el jefe Argento me dijo que vendría a hablar conmigo... —recuerdo la llamada por teléfono del antiguo jefe de policía. Ojos molestos recaen sobre mí. A Mago nunca le gustó. Creo que se debía a que era muy parecido a Aquiles y le recordaba a él, no tanto por lo que pasó después.

—¿Le dijiste que viniera?, ¡Ray! —gruñe, sintiéndose ofendida de que lo haya invitado a la que considera su casa.

—Vamos, todo sucedió en el paleolítico... ¿no es hora de olvidarlo? —explico sin darle importancia. Ella cambia el tono y se asoma por la ventana de la sala. Su cara es de sorpresa genuina al decirme:

—No es él... Creo que te buscan.

—¿Quién?

—El gemelo Leonel... el drogadicto que trabaja con Valmonte.

Recordé también el encuentro en la cafetería, y que me había comentado que deseaba le firmara algunos de mis libros. Quizá le debí especificar la hora. No lo culpo, el tipo trabajaba hasta muy tarde en el bar, y seguro se levantaba ya para ir a limpiar. Ya no era ese cavernícola que deseaba dejarme marcas de puños en mi cara, sino un padre de familia con la única debilidad de ser un converso cristiano que podía hostigar un poco con su actitud de santificación por la vida.

—No es un drogadicto, está reformado... Yo abro —indico parándome ante la puerta. Mago pinta una sonrisa, amplia, saboreando mi actitud positiva y de líder espiritual que perdona todo. Inclusive, me lo embarra en el rostro como pastel lanzado a la cabeza:

—No puedo creer que lo defiendas. Has cambiado mucho, Pigmeo.

Abro la puerta, ahí está Horacio Leonel parado muy derecho, como niño de escuela primaria haciendo honores a la bandera. Del enorme brazo derecho, ése que tiene el tatuaje del cristo, hay un cúmulo de libros. Así juntos, son un buen número. No puedo creer que hayan sido escritos por mí.

—¿Horacio?

—Buen día, y que Dios esté contigo, Ray. Te he traído los libros para que me los firmes —me saluda, enseñándome la pila de novelas. Le devuelvo el saludo. Por una extraña y malsana razón me complace verlo, a fin de cuentas es un admirador y, como le dije, los escritores vivimos de nuestro ego.

—Lo había olvidado... —miento.

—Puedo venir otro día, si deseas —da un paso hacia atrás, apenado. Lo detengo con mi mano y le doy una cariñosa palmada en su espalda. Como vestimenta, viste una roída playera del grupo Ántrax, tan decolorada y gastada, que se transparentan sus pezones bajo ella. Trato de no pensar cuántas puestas lleva esa prenda. No menos de un millón, responde mi cabeza.

—Está bien, pasa... —lo invito haciéndome a un lado para que cruce el umbral. Cuando entra a la casa, pregunto—: ¿deseas un café?

—Gracias. Estaría bien —responde siguiéndome hasta la cocina, se detiene en la entrada cuando ve a Mago, e inclina la cabeza sin dejar atrás su sonrisa—: Buenos días, Margarita. ¿Qué tal los niños?

Es amable. Mago levanta la mano, con flojera:

—Buen día... en la escuela. ¿Cómo va tu bebé? —le cuestiona, pues como buena habitante de Villa Sola, sabe a la perfección la vida y gracia de cada uno de los habitantes.

—Creciendo, por lo que le agradezco a Dios Nuestro Señor cada día por esa bendición. Somos realmente afortunados de tener a nuestra familia, Margarita. Muy afortunados.

—Ya lo creo... —responde. Tomando una charola en donde coloca una gelatina que saca del refrigerador y un yogurt líquido. Con todo en sus manos, se despide—: perdón que te deje, voy a llevarle a papá algo de comer.

Hora de darle de comer a papá para que siga su lucha con la vida y la muerte.

—Adelante —responde amable el gemelo Leonel, acomodando los libros en la mesa para comenzar el proceso de las firmas.

—Siéntate, Horacio —le pido, el gemelo se desploma sobre la silla. Un lamento se cimbra en cada pata por sostener el peso del rinoceronte tatuado que es Horacio. Pero su cara de niño que monta el tiovivo por primera vez es deliciosa. Va abriendo cada libro en la página para que reciba la consagración del escritor. Pregunto—: ¿Deseas una dedicatoria en especial?

—Para mí y mi esposa, es más que suficiente. Sólo el último, *La rebelión de las cenizas*, deseo que se lo dediques a Ulises, mi hermano —pide Horacio Leonel. No sólo siento sorpresa, sino total asombro por tan especial y rara petición. Mi cara refleja ese sobresalto, me hace balbucear:

—Pero… ¿que no está muerto?

Responde con singular claridad y un toque de inocencia. Me conmueve su respuesta:

—Sí, pero lo llevaré a su tumba. Estoy seguro de que lo leerá y le gustará. Allá, donde esté, se arrepentirá de muchas cosas. Sé que tú lo has perdonado, por eso será especial para él.

No pensé que terminaría así con mi rival: pluma en mano y un libro abierto. Supongo que es una escena digna de un surrealismo perfecto, como para montarla en una exposición. Pero había algo de coherente y lógico en su solicitud. Tuerzo la boca con un gesto feliz, admito que ese gorila me ha hecho el día y:

—Bueno… sí…

Bajé la vista y con mi mejor letra, escribí: Para mi buen amigo Ulises, con el que viví cosas importantes que siempre se quedarán en mi memoria, para que su largo camino sea llevadero y llegue a su meta. Raymundo Rey Jr.

Horacio lo lee sobre mi hombro. Lo oigo sollozar. Creo que está llorando.

—Ray… —escuché el murmullo de Mago. Alcé la cabeza para encontrarla recargada en el marco de la puerta. Estaba pálida, con los ojos rojos, las lágrimas fluían libremente, pero sin ruido.

—¿Qué pasa? —cuestioné intrigado por su actitud.

—Se fue, Ray… Papá está muerto.

3

Al llegar al terreno del tuerto Álvaro esa tarde, no había nada. Al menos eso fue lo que yo vi. Tal como lo explicó el jefe Argento: el lote se veía vacío. Sólo quedaban los rastros de los que acamparon, por los desechos alrededor de los tres botes de basura que habían colocado a lo largo del claro. Los desperdicios se desbordaban como la espuma en un vaso de cerveza. Bolsas de golosinas, botellas vacías, bolsas de basura amarradas y cientos de moscas rondando alrededor. Sentí algo en mi pecho. Un dolor, que no era dolor. Algo que nunca más volví a sentir: una mezcla de alivio, terror y frustración. La caravana se había ido, dejando sólo las marcas de las llantas en el piso y toneladas de desperdicios.

Dejé caer mi bicicleta al contemplar el paisaje, llevé la mano derecha a la frente como un gesto de desesperación. Pateé el piso, molesto por saber que no podría comprobar mis conclusiones sobre esos viejos. Nunca sabría si tenía razón o si había alucinado todo a causa de mi crisis familiar.

Escuché un ruido a un lado mío: era la zorra. Olfateaba uno de los botes de basura en busca de comida. Me admiré al verla, pues estaba seguro de que era una señal de que al menos los tres viejos de la casa rodante plateada deberían estar por ahí: el manco, el de los tatuajes y la señora oriental. Si lo que había leído era verdad, quizás esa zorra era el emisario de ellos. Tal vez, hasta podría ser aquella mujer bajo un disfraz.

—¡Hey, amiga! —le susurré, tronándole los dedos para llamar su atención. El animal levantó la cabeza de la basura, moviendo la nariz como si oliera algo que flotaba en el lugar. Sus ojos apenas me vieron de reojo. Un nuevo sonido la asustó. Con sorpresiva agilidad, saltó sobre el bote de basura y huyó a los maizales con un pedazo de comida en la boca.

Lo que la había asustado era de preocuparse: no estaba solo en el lote. Al fondo, mimetizados entre las sombras de la naciente noche, también husmeando en los botes de basura, estaban los gemelos Leonel. Ulises con un tubo oxidado en la mano, con el que golpeaba las latas vacías que veía frente a él. Horacio, detrás, portando un bigote de rastros de chocolate en la boca. Uno llevaba una camiseta de Van Halen; el otro, una de Spider-Man, que estaba rota en los extremos.

—¡Un marciano! —gritó Ulises, pegándole a una lata con su tubo y haciéndola volar por los aires hasta los campos de maíz.

—Y parece que está perdido… ¿Si lo regresamos a Marte? —lanzó su hermano sonriente.

—¿Y los viejos? —pregunté sin darle importancia a sus molestas indirectas. Estaba más preocupado por conocer el paradero de esos extraños que por librarme del acoso de esos cavernícolas.

—Volaron, marcianito. Nos pidieron que te diéramos un baile para que los recuerdes —indicó Ulises señalándome con su tubo oxidado. Lo giró de un lado al otro, haciendo la finta de golpearme.

—¿Adónde se fueron?

—A Marte... ja, ja, ja —gritó Horacio hurgándose la nariz.

—Ji, ji, ji... Oye, idiota, ¿es cierto que tu hermana se fue de puta con un maestro? Es una lástima, a mí me hubiera encantado enseñarle mi macana... —molestó Ulises sin bajar su tubo. Casi pegándolo a mi pecho.

—La macana... la macana... la macana... —repitió su hermano bailando alrededor mío y señalándome.

—¡A dónde se fueron! —grité desesperado, quitando de un manotazo la mano de Horacio.

—¡El marciano me pegó! —gritó como una niña llevándose la mano a la boca para chupársela, como si mi golpe hubiera sido una mordida venenosa. Sus ojos se desorbitaron y comenzó a lanzar espuma. Pensé que estaba convirtiéndose en lo que había leído en el libro: los semidioses Deimos y Fobos: Los espíritus del terror y el miedo.

Ulises reaccionó de inmediato, golpeándome el hombro con su tubo. Lo hizo dos veces, hasta que logré detenerlo y arrebatárselo: al ver que había perdido su arma, se lanzó a mí con los brazos extendidos para golpearme en el pecho. El porrazo me tiró al suelo.

—Te mueres... Me oyes, te mueres hoy... —Ulises bufó molesto.

Traté de levantarme, pero una patada en la boca me detuvo. Sentí el dibujo de la suela de Ulises en mi cachete, pude apreciar cada hendidura de su bota marcando mi rostro. Mi cabeza salió como torpedo hacia atrás para estrellarse en el piso. Antes de abrir de nuevo los ojos, sentí algo caliente en mi boca. El sabor metálico de la sangre inundo mi lengua. Me incorporé y escupí. Fue un gargajo pintado en carmesí.

—Puta... Margarita... Puta... Mago... Puta —repetía como un disco rayado Horacio, riendo entre palabra y palabra como si le hubieran roto la computadora que llevaba en el cerebro. Si es que tenía algo parecido.

Lancé un gritó que se rompió en un aullido desafinado. Con la misma fuerza que lo emitía, me levanté y corrí con la cabeza baja hacia Ulises. Mi nuca se clavó en el torso del gemelo. Escuché como le sacaba el aire de los pulmones cual bolsa reventada. No esperaba mi reacción y mi golpe, que lo dejó sin respirar, lo derribó con facilidad. Pude ver cómo su rostro, coloreado en azul, se revolvía en el dolor. Antes de que terminara su caída, mi brazo derecho buscó su rostro. No lo alcancé y creo que ni siquiera le llegué a pegar con el puño, pero mi mano se clavó en su estómago, volteándole la cabeza hacia un lado para que vomitara parte de sus alimentos.

Horacio se calló en el momento en que vio a su hermano derribado y tratando de recuperar el aliento. Volteó a verme sin hacer nada, ni siquiera trató de evitar mi puñetazo. El golpe fue directo a la quijada. Nunca he conectado un leñazo igual. Lo sentí como los que lograba Batman al atrapar al Guasón en sus historietas: nocaut de un solo intento. Horacio Leonel dio dos pasos hacia atrás, y como un árbol derribado con un hacha, cayó de espaldas de manera espectacular.

Lo primero que vi fue mi puño cerrado después de toda la escaramuza, extendido en el aire, con los nudillos sangrantes. Luego, los dos cuerpos de los que creí que eran Deimos y Fobos. Uno sollozando y doblado en estado fetal; el otro, extendido con las manos estiradas y el rostro al cielo cual bella durmiente.

—¡Mi hermana no es una puta! —alguien gritó, no era yo, no era mi voz, pues se escuchaba más grave. Pero entendí que salió de mi boca.

—Idiota… —balbuceó lloriqueando Ulises con rastros de su vómito en la playera. No esperaba eso de él: una maldición boba, como un niño al que le rompen su cuaderno y ya no podrá entregar la tarea.

Bajé mi puño y les di la espalda, caminando con pasos largos, tratando de no correr para que no pareciera que huía, pero apresurando la marcha. Cuando había avanzado un trecho suficiente para sentirme seguro, comenzaron los aplausos. Fue uno, seco y lento; luego, otro. Al final escuché un coro completo, pero se trataba sólo de tres personas: el manco, el de los tatuajes y la mujer. Estaban sentados afuera de su casa rodante plateada, mientras que la Aztek, en las sombras, parecía que dormitaba.

No pude entender cómo es que estaban ahí. Había visto el terreno en un principio y era imposible pasar por alto ese único tráiler en una esquina. Fue como si hubiera emergido mágicamente de la nada.

—Buen derechazo, soldado… Valió la pena quedarnos. Nos tocó espectáculo gratis —comentó el manco complacido por lo atestiguado.

—Estás flaco pero correoso, chico —completó el indígena arreglándose su larga trenza.

—No ser bueno pelear. Malo para ustedes —me reprendió la mujer oriental señalándome molesta con el dedo.

—¿Ustedes?, ¿estaban aquí? —dije con dificultad.

—Sí, pasaste frente a nosotros sin vernos. Directo a buscar pelea a esos matones. Mis respetos, soldado. Te has ganado una medalla de guerra —me felicitó el calvo, levantándose y sacudiendo mi ropa del polvo por mi caída.

—Sangrando estás… te limpiaré —se acercó la mujer, revisando mi herida del rostro. La limpió cuidadosamente con agua. Yo me mantuve en silencio, mirando la noche. Al voltear hacia mi espalda, logré distinguir que los hermanos Leonel se alejaban con dificultad como dos luchadores que perdieron su cinturón de peso completo.

—No... Ellos... —balbuceé. Pero no tenía nada que decir, seguía en estado de *shock* por la pelea y la prodigiosa aparición de los ancianos. La mujer me colocó una bandita en el rostro, donde estaba el golpe del zapato del hermano Leonel. Terminó la curación con un gesto de aprobación.

—¿Una cerveza para celebrar tu triunfo? —me dijo el hombre de los tatuajes.

—¿Y el resto? —cuestioné volteando a mis costados, esperanzado de encontrarme al resto de los tráileres del convoy, y que hubieran estado invisibles a mis ojos.

—Se fueron... Los alcanzaremos pronto. Hay que cambiar la bomba de gasolina de nuestra camioneta —indicó el calvo señalando la Aztek mientras la mujer prendía las luces exteriores del remolque para iluminar el claro. La noche había caído, y la luna se asomaba de manera penosa por el horizonte.

—¿Se van? —apenas logré preguntar.

—Sí, soldado —respondió el manco que trataba de colocarme una gasa en mi herida lateral. Molesto, le quité las manos de encima de mí. Comencé a recordar que ellos eran los culpables de todo lo sucedido en mi casa, en mi hogar.

—Déjeme... yo puedo... —gruñí, dando pasos hacia atrás. No con terror, sino con desprecio.

—¿Adónde vas, soldado? La noche es peligrosa... Hay fantasmas allá afuera —me dijo sarcástico el manco, terminando con una carcajada. No me quedé a discutir con ellos. Caminé hasta el extremo del lote baldío, donde había dejado mi bicicleta, me monté en ella y me alejé mientras seguía escuchando la risa desenfrenada del manco.

Continué rodando por la calle principal, hasta el norte. No deseaba regresar a casa. Sólo quería pasear por el pueblo y mirar las casas con las ventanas abiertas y las luces encendidas, luchando por no ser consumidas por la oscuridad. Pensaba que tal vez estaría marcado por los ancianos, que esa noche irían a mi casa para matarme. Ellos sabían que era el único del pueblo que conocía su secreto. No podían dejar rastros.

Me detuve en seco. Todas esas ideas eran huecas y vacías. No sonaban convincentes en mi mente: estaba alucinando. Era yo, quien en mi búsqueda por huir de casa, había inventado una historia fantasmagórica más aterradora que la realidad. No era como el monstruo que se esconde debajo de la cama, ni como el lobo que te espera entre los árboles: cosas que imagina tu mente para seguir siendo niño, para perdurar la inocencia. Debía de madurar y sacudirme todas las extrañas narraciones que había creado a mi alrededor: dioses, viejos encubiertos, fantasmas…

Cuando llegué al panteón, en la parte trasera de la iglesia del padre Marco, distinguí algo que me llamó la atención: había un auto estacionado a un lado de las tumbas. Sin luces, pero con un reflejo extraño.

Caminando, y llevando mi bicicleta a mi lado, fui distinguiendo rasgos de ese automóvil: el color amarillo, las franjas negras, el chico rubio montado en él. Al estar a unos metros, me detuve. Sabía que era imposible, que era una más de mis fugas mentales. La culpa que yo sentía por el pobre chico que había muerto devastado por el amor de mi hermana, y que se materializaba frente a mí.

—¿Aquiles?... ¿eres tú? —masculle estupefacto por la extraordinaria revelación. El cuerpo giró hacia mí, mostrándome su rostro. No había ninguna duda de que se trataba de Aquiles. Al menos, lo que quedaba de él: el pómulo derecho había sido despellejado parcialmente, mostrando trozos de hueso blanco de su cráneo entre pedazos de carne roja molida. Una serie de cortes y heridas deformaban su cara, mostrando partes que parecían un jugoso filete carmesí, le conferían un gesto de continua felicidad al levantar sus labios hinchados. Esa mueca, lo pálido de su tez y la sangre en las encías, me recordó al archienemigo de Batman: Guasón. Pero este sujeto que estaba frente a mí era más aterrador, pues parecía imposible que con esas heridas estuviera vivo. Para rematar lo delirante de la visión, un pedazo de metal atravesaba su cabeza, cargando pedazos de cuero cabelludo y cerebro tras la perforación. Ante todo lo absurdo de la imagen, el cadáver revivido del exnovio de mi hermana estaba llorando cual niña en su automóvil Dodge 1965 como un joven más con el corazón roto.

—¡Oh, Ray! Perdón por estar así… Parezco un chiquito berreando —se disculpó. Fue extraño, pues él se excusaba por estar llorando no por verse como un cadáver—. Tú sabes que amo a tu hermana como nada en la vida. Me dolió mucho lo que me hizo. Fue muy cruel.

—Lo sé… —respondí. Pero su imagen era demasiado chocante. Di un paso hacia atrás, con náuseas y miedo. Estuve a punto de devolver mi cena, pero apreté la boca y logré contenerme.

—Vamos, Ray… —alzó los hombros, apenado de haberme asustado. Me detuve ante su expresión, pues sentí una terrible pena por él. Al ver que yo no correría, sonrió y me invitó golpeando la puerta de su automóvil—: ¿no deseas dar una vuelta en mi carroza?

—¿Quieres que me suba a tu automóvil? —murmuré en un tono apenas perceptible. Su rostro de felicidad no desapareció. Estaba ahí, al frente de todas esas heridas y sangre.

—¡Claro! Es un bello caballo que montar, ¿no crees? —soltó como siempre había hablado, con efusivo entusiasmo.

—El coche más bonito del pueblo, Aquiles. Todos lo dicen —logré opinar. No deseaba hacerlo enojar. A fin de cuentas, él era un muerto y yo un vivo, que llevaba todas las de perder.

—No seas tímido, sube. Siempre me dijiste que te gustaba. ¿Acaso no somos como hermanos? —invitó achispado, sacudiendo el asiento del copiloto.

Di un paso al frente cuando Aquiles abrió la puerta de su automóvil. La sentí como una gigantesca boca color amarillo que trataba de devorarme. Sin embargo, el asiento de cuero se veía cálido, confortable. Al alzar la mirada hacia él, volví a ver el pedazo de fierro que salía por su nuca con los trozos de sesos colgando, y me hizo detenerme. No era una imagen aterradora, sino ligeramente fantástica. Su apariencia remitía más al monstruo de *Frankenstein* que a un zombi en estado de descomposición. Si no fuera por los pedazos de hueso descubiertos en su cara, podría haber pasado por el Aquiles que siempre conocí. Inclusive, más vital.

—Pero... estás muerto —escupí de manera tonta.

—Sin lugar a dudas. ¿Tú crees que con este pedazo de chasis cruzando mi cerebro podría vivir? No soy tan fuerte como parezco, Ray. ¿Sabes?, en el fondo soy muy delicado. No sobrevivo a un simple choque —explicó con una risa tonta. Dejé escapar una sonrisa apagada. Sonó absurdo y gracioso su comentario.

—No, no creo que nadie lo haga. Vi cómo quedó tu auto. Tuvieron que partirlo para sacarte de ahí.

—Muy triste eso... Me hubiera gustado dejar mi nave intacta, pero ante la pérdida de Mago, decidí que me quedaría con lo único que realmente quería en la vida: mi automóvil. Lo siento, Ray. Te lo hubiera dejado a ti con mucho gusto, sé que te gustaba. Me dijo tu hermana que te compraste un modelo a escala y que lo tienes en tu cuarto.

—Es un automóvil poderoso, el más veloz —justifiqué tocando el automóvil. Era frío, metálico. No había nada de inmaterial en esa aparición.

—El mejor, Ray. El mejor... ¿Deseas comprobarlo por ti mismo? ¡Vamos, sube conmigo! Te enseñaré como ronronea esta hermosura mecánica —insistió, dando ligeros golpes en el asiento negro a su lado.

—¿No será una de esas trampas para que cuando me suba me lleves a ultratumba?

—¡Pero qué imaginación tienes, Ray! Eres gracioso... ¿Quieres decir como en las películas de terror?, ¿me crees un asesino? —repuso riéndose de manera tonta.

—Bueno... No sé.

—¿Acaso crees que soy un loco psicópata, Ray? ¿Después de todo lo que vivimos juntos? —me preguntó levantando su mano izquierda de manera natural. Era todo huesos. La carne había sido arrancada de ésta en el accidente, quizás arrastrada en el pavimento cuando rodó el auto. Era una imagen impactante, pero a él no parecía afectarle. No más que tener un pedazo de metal cruzando su cabeza.

—No, no creo que lo seas —admití y entré a su automóvil. No entiendo por qué lo hice. Supongo que fue la pena que sentía por el exnovio de mi hermana. En cierto modo, era el más agraviado por lo que ella había hecho y me sentía comprometido con él, sin importar que estuviera muerto o no.

—¡Eso es, campeón! —gritó feliz cerrando la puerta del Dodge 1965. Colocó ambas manos en el volante con una gran sonrisa en el rostro. Realizó el movimiento con lentitud, disfrutando cada momento. Giró la llave. Tal como me había prometido, el automóvil ronroneó como un gato gigante. Era un murmullo metálico fino, cual respiración de pulmones de acero y aceite. El olor dentro del vehículo no era desagradable como lo pensé en un principio. Siempre imaginé que un fantasma debería oler a muerte, pero el automóvil de Aquiles olía a desodorante con aroma de pino.

—Ponte el cinturón... No quiero que suceda un accidente contigo, Ray. Si te pasa algo, estoy seguro de que tu papá no me lo perdonará —me indicó señalando el cinturón del copiloto. No reaccioné de inmediato. Sólo pensar en lo que había dicho se me hacía delirante: un espectro preocupado por la vida de una persona. Pero era coherente en su estilo. Le hice caso, cruzando el cinto en mi pecho y asegurándolo a un lado del asiento.

Aquiles sacó sus lentes oscuros de la visera del toldo. Uno de los espejos estaba quebrado y manchado de sangre. Era obvio que los llevaba puestos cuando sucedió su accidente. Ubicándolos en su cara con el estilo de un actor de cine, exclamó:

—Agárrate...

El automóvil arrancó derrapando sus llantas. Volteé a ver la carretera del cementerio y en el asfalto se veían las marcas. No era un automóvil efímero o espectral, sino una potente máquina como lo fue cuando estaba viva.

En silencio, disfrutando conducir el vehículo, Aquiles manejó por las calles vacías de Villa Sola. No sé si la gente escuchó el inconfundible motor de su automóvil amarillo, pero era obvio que éste se esparcía en cada rincón del pueblo. Nadie salió a atestiguar la presencia paranormal de Aquiles. No hubo gritos de terror ni angustia. Yo sólo veía las luces encendidas de las casas, y algunas siluetas de familias sentadas a la cena.

Aquiles de inmediato manejó hacia la salida del pueblo, por la vieja carretera que desembocaba en la estación de gasolina de Álvaro. Pronto logré atisbar a lo lejos la silueta del gigantesco anuncio de Totopos García que indicaba que estábamos saliendo de Villa Sola. Exactamente cuando pasamos frente a éste, Aquiles frenó de golpe colocando el automóvil en la base de metal del monumental aviso.

—¿No es maravilloso? Yo mismo le hice las modificaciones para que corriera más. Le monté nuevos cilindros y un inyector de gasolina. El modelo original no lo tenía. Le pedí a mi padre que me comprara esas partes del motor. Pagué los neumáticos con un trabajo de medio tiempo en el verano haciendo mandados para mi tío, el alcalde. Es como si fuera mi hijo —explicó colocando el freno de mano y sacándose su cinturón. Abrió la puerta, dando un fuerte respiro, como si aún pudiera paladear el oxígeno.

—Sí, corre maravilloso —murmuré aterrado. Comprendí que estaba en un automóvil que vi hecho trizas, con los restos de un cadáver, platicando de cosas normales. Pero el nivel de normalidad había descendido desde la llegada de los extraños visitantes, por lo que me limité a suspirar y aceptar el hecho de que estaba charlando con alguien que había muerto hacía tres días.

—¿Una cerveza? —preguntó Aquiles agachándose y buscando algo debajo de su asiento. Sacó dos latas de cerveza.

Me entregó una. Estaban aún frías. Eran las mismas latas que vi regadas alrededor del accidente. Las que bebió antes de chocar—. ¿Ya sabes beber, verdad? No quiero que vomites en el auto. Cuesta mucho limpiarlo. Una vez tu hermana lo hizo y tuve que limpiarlo con detergente. A ella nunca le importó. Sólo le gustaba que la vieran en él.

Abrió la cerveza y le dio un buen trago. Se bajó de su auto y caminó mirando el anuncio hasta sentarse en la defensa de su Dodge. La noche era brillante, sin nubes. La luna ofrecía una luz perfecta para mostrarme que Aquiles y su auto no eran trasparentes ni fantasmagóricos. Si se trataba de un sueño, era uno muy sólido.

—Lo siento… —murmuré con la cara baja. Salí del asiento de copiloto y me planté frente a él.

—¿Que tu hermana me haya engañado con su maestro de canto?, ¿o que en la vida real fuera una gran puta? —cuestionó mirando la luna a través de sus lentes rotos.

—No —respondí de inmediato subiendo la vista al muerto—. Que hayas muerto, no lo merecías.

Aquiles abrió la boca como si fuera a decir algo. La mantuvo abierta un tiempo, fue cuando me di cuenta de que se podía ver parte del metal atrás de su garganta, cruzando su cuello. No era una vista agradable.

—Gracias, Ray. Quizá tienes razón.

—Engañó a todos, no sólo a ti. También a mamá, a papá… A todos. Ella fue egoísta. No debió haberlo hecho —murmuré apenado.

—Le quería —sólo balbuceó con ojos tristes. Colocándose la lata de cerveza entre las dos piernas.

—Lo sabíamos. Papá estaba seguro de que se casarían. Tenía miedo de que huyeras con ella, deseaba hablar contigo

215

para decirte que no te presionaras, que se tomaran el tiempo de ir a la universidad. Te quería como yerno —expliqué nervioso. Deseaba hacerlo sentir mejor.

—Rey es buen tipo... Sí, tu papá es agradable. Un poco tonto como yo, pero así somos los buenos. Terminamos con el corazón destrozado y un pedazo de metal en la cabeza —expuso golpeteando el metal con sus dedos. Éste resonó como una campanita: fue un momento aterrador.

—Podrías haber encontrado otra novia...

—No, Rey —contestó negándolo con la cabeza—. Amaba a Mago sobre todo. Fue mi novia desde quinto año. Ella era mi media naranja, mi osita... No podía cambiarla. Al menos, no como ella me cambió por otro.

—Lo siento.

—Yo lo siento más, porque al menos yo estoy muerto. Tú serás su hermano el resto de tu vida —contestó colocándome su mano desnuda de carne en mi hombro. Fue una sensación extraña: sentí los huesos ásperos. Al retirarla, un par de gotas de sangre se quedaron en mi camisa.

—¿Quién te trajo, Aquiles? —balbuceé tomando valor para enfrentar la realidad—. ¿Fueron los viejos?, ¿te invocaron?

—¿Qué viejos? —su cara de extrañeza fue franca, hasta se hizo hacia atrás sorprendido por las preguntas.

—Los extranjeros... Los que están acampando en el campo. Son dioses, ¿verdad? Deidades antiguas... —traté de sacarle la verdad. Pero Aquiles se quitó sus lentes rotos con un enorme signo de interrogación en su cara.

—¿Esas momias? ¡Para nada, Rey! Sólo una vez hablé con ellos, les pedí que me compraran cerveza —dio un brinco de su coche y cayó a un lado mío, levantando una polvareda seca. Al verlo, pude ver que sus zapatos deportivos estaban llenos de sangre—. Le dije a Mago que así quería envejecer con ella, paseando por el mundo en nuestro automóvil. ¿No crees que era romántico? Viajar por la eternidad, parando sólo a comprar cerveza, y dormir cuando el sol se pusiera a un lado del camino...

—¿No estás aquí por ellos? —cuestioné de nuevo sin entender sus razones. Aquiles lanzó de nuevo su carcajada vacía, dejando que el eco la repitiera por un par de segundos. Sólo el zumbido de los maizales lejanos le contestó.

—Estoy aquí por ti... —indicó señalándome. Terminó su lata de cerveza con dos tragos. La arrugó entre sus dedos con fuerza, como si fuera un simple vaso de papel. Tomó vuelo y la aventó hacia el anuncio. Rebotó en él, arrancándole tan sólo un zumbido seco, fantasmagórico.

—No entiendo —añadí pensativo mientras movía la cabeza.

—Tú me fuiste a buscar al panteón —aclaró alzando los hombros.

—Bueno... Necesitaba hablar. Entender lo que sucedió contigo y con la muerte del señor Romero. Todo es muy extraño y nadie quiere hablar de ello.

—Por eso vine, para que platicáramos y entendiéramos. Como lo harían dos viejos amigos —explicó Aquiles, recargándose en la capota de su automóvil de nuevo y abrazándome como un compañero de juego. Exhaló, mirando el letrero de la carretera. Un grillo le dedicó su melodía—. Creo que podrías haber sido mi amigo, Ray. Me hubieras enseñado qué libros leer y cómo hablar bien. Me agradabas porque, aunque eres inteligente, nunca me trataste como un tonto.

—No lo eras, Aquiles.

—Todo me parecía difícil. No digo la escuela, aunque todos sabían que no era muy brillante. También el deporte. Podía ser el mejor, pero era muy complicado. Además, el amor... eso nunca lo entendí. Por eso preferí matarme. Porque no sabía resolverlo.

—Creo que nadie sabe cómo resolver el amor, Aquiles. Hay miles de libros que tratan de explicarlo cuando no es correspondido, y en todos hay sufrimiento. Sólo tienes que dejar pasar tiempo. Es como un resfriado: no hay medicina para curarlo, sólo debes esperar a que el cuerpo lo deseche —le expliqué. Me sorprendió lo inteligente que sonó mi comentario.

—¿De veras no hay medicina para un resfriado? —levantó el entrecejo admirado.

—Sí, de veras. El cuerpo crea los anticuerpos para atacarlo. Nosotros sólo lo reforzamos con vitaminas —admití apenado de verme como un sabelotodo. Pero Aquiles sonrió, feliz por su nuevo conocimiento *post mortem*.

—¡Genial...! Eres a todo dar, Ray. Te voy a extrañar.

—Yo también, Aquiles —admití con un gesto incómodo. No se puede decir que vas a extrañar a un fantasma. Nadie quiere que los espectros vuelvan, pero lo dije por ser educado.

—Perfecto, creo que ya platicamos. Me siento mejor. ¿Y tú?

—Creo que también. Un poco.

—Es hora de irme, amigo —exclamó dando una palmada al aire y bajó de su frente los lentes. Un pedazo de cristal cayó al suelo cuando se los colocó.

—¿Nos volveremos a ver?

—No. Haré lo que siempre deseé: salir del pueblo en mi auto. Voy a manejar y manejar hacia adelante, hasta que la gasolina se agote. Alejarme de este lugar —explicó señalando hacia la carretera que se perdía en la oscuridad. Era una imagen tentadora, me invitaba a seguir con él en su huida fuera de Villa Sola.

—Es buena idea, Aquiles —repuse colocando mis manos en las caderas y clavando mi vista en la negrura del camino.

—Cuídate, amigo —soltó subiendo de nuevo a su auto. Sacó su cabeza antes de ponerlo en marcha—. ¿Sabes? Deberías de hacerlo tú también.

—¿Qué? —tartamudeé nervioso.

—Irte del pueblo... —arrancó su auto. El ronroneo metálico apareció de nuevo. Fue un sonido bello, relajante.

—No puedo dejar a papá —expliqué de inmediato.

—Lo sé. Siempre hay algo que te ancla. Tal vez necesitas estar muerto como yo para hacerlo —admitió Aquiles. Antes de cambiar la velocidad, soltó gritando—: ¡cuídate y cuida de tu hermana! ¡Será una puta, pero fue el amor de mi vida!

Su automóvil se alejó alzando una colosal tormenta de polvo. Dejando atrás el eco del ronroneo del motor, tomó hacia la carretera que salía del pueblo. Sólo los faros traseros se quedaron flotando por un tiempo en la oscuridad, empequeñeciéndose poco a poco hasta que los consumió por completo. El ambiente parecía regresar a la normalidad, sin muertos ni automóviles fantasmas. Sólo quedaba la lata vacía de cerveza, aplastada, al lado del anuncio. Supongo que para comprobarme que no había sido un sueño. Aunque por un momento dudé si no había sido yo quien la había bebido. Suspiré, mirando la luna y me puse a caminar acompañado por el murmullo de los campos de maíz movidos por el viento en su eterna sinfonía. Esperé un minuto, regresando mi vista a donde Aquiles había desaparecido con su automóvil, convencido de que podría volver a aparecer de la misma manera en que lo hizo en el cementerio. Pero no sucedió. Caminé al lado del sendero, iluminado por la luz de luna que seguía brillando como una gran veladora.

Después de que caminé durante medio kilómetro, volví a ver unos faros acercarse. No eran los del Dodge 1965 de Aquiles, esta vez eran redondos y provenían de un pequeño compacto color rojo. El vehículo comenzó a desacelerar, hasta detenerse a mi lado. El cristal lateral bajó y emergió a la luz la hermosa cara con la que soñaba por las noches: la señora Fierro.

—¿Ray...? ¿Qué haces a estas horas caminando solo en la carretera? —preguntó con una gran sonrisa. Se veía más despabilada que en otras ocasiones, con las mejillas en color manzana y los ojos brillosos como gemas.

—Me vi con un amigo. Regreso a casa, señora Fierro —le expliqué.

—Eres muy confiado, muchacho. Yo sé que en el pueblo todos nos conocemos, pero deberías de tomar tus precauciones. Es peligroso caminar por aquí. Un borracho podría atropellarte —explicó, pero en tono jovial.

—Lo sé señora. Tendré cuidado.

—¿Qué te sucedió en la cara? —preguntó señalando mi herida.

—Me caí de la bicicleta.

—Vamos, sube. Te llevaré a tu casa —indicó, cruzándose para abrir la puerta del copiloto. Cuando se agachó pude ver sus senos que salían del escote. Eran pequeños, salpicados de pecas. Inmediatamente tuve una erección.

—¿Está segura? No deseo desviarla de su trayecto —comenté apenado subiendo a un lado de ella. La pude observar mejor. Se había vestido con una larga falda de holanes y una camisa de seda aguada. No llevaba sostén y sus pezones se transparentaban. Un grueso collar de madera era lo único que trataba de cubrirlos. Llevaba el pelo suelto y alborotado. Al entrar al vehículo, me llegó un fuerte olor a alcohol.

—No seas tonto, sube —exclamó arrancando su compacto. Se volteaba de vez en cuando para cederme una sonrisa.

—Gracias —le dije.

—Fui a cenar con unos amigos de la ciudad. No es un camino largo. Tan sólo una hora y minutos. Así puedo huir de la falta de oxígeno de este lugar —expuso, buscando algo en su bolso mientras conducía. Encontró su cajetilla de cigarros y extrajo uno que de inmediato se llevó a los labios—. Son gente divertida, inteligente... No como los idiotas que nos rodean.

Tomó el encendedor del automóvil y prendió su cigarro, lo disfrutó dándole una gran chupada. El humo del tabaco se mezcló con los vapores de alcohol que flotaban en el ambiente y con un toque del perfume de la señora Fierro.

—Sé ve que estuvo divertida... Y muy elegante. Hoy se ve bella, señora Fierro —le lancé el piropo. Ella soltó una risita inocente, de niña traviesa.

—Claudia, por favor. Llámame Claudia... Gracias, tú también eres un muchacho guapo —balbuceó. Buscó de nuevo bajo su asiento y sacó una botella de vino tapada con un corcho. Le quitó el tapón con la boca y dio un trago largo. Luego me la alargó—: ¿no quieres un poco de vino blanco?

—Sí... gracias —dudé. Pensé que la noche había sido lo suficientemente alocada para no aceptar un buen brindis. Llevé la botella a mi boca y bebí. Supo dulzón, con tonos afrutados.

—Es un Chardonnay. Muy bueno... Aquí nadie bebe vino. Creen que es un ingrediente para cocinar. Sólo beben cerveza —comentó la señora Fierro quitándome la botella y apurando un trago más.

—Está sabroso.

—Te hace sentir ligera, sin inhibiciones... ¡Dios, creo que estoy un poco alegre!, ¿sabes...? Siempre le decía a tu madre que me acompañara a estas cenas con mis amigas de la universidad, pero siempre quiso quedarse aquí en el pueblo. En el fondo es como el resto —platicó sin quitar la vista de la carretera. Como acordándose de algo, volteó hacia mí—: ¿Estás molesto con ella?

—No, creo que no. Supongo que lo de Mago desató muchas cosas en la casa que no había visto... —dije franco. Ella aprobó mi comentario con la cabeza.

—Será duro para tu madre. Tienes que apoyarla. Será como conmigo, una mujer sola, sin nadie, a la que todos desean engañar. No quiero que termine como la paria que soy. Alguien que evitan en la calle cruzándose la banqueta para no saludar, y para que el resto del pueblo no los vea conmigo —comentó triste. Estábamos entrando al pueblo, pasamos las primeras casas y se dirigió a la colonia donde vivíamos.

—Yo creo que usted es una de las mujeres más interesantes e inteligentes que he conocido —admití mirándola a los ojos. Ella estacionó el automóvil frente a una casa, a unas tres cuadras de la calle donde estaba su hogar y el mío. Cuando giró su rostro, completé—: además... la más bella.

—Gracias, Ray. Me ruborizas —murmuró coloreada en un rojo encendido. Cerró los ojos y se recargó en el volante—: creo que el vino me ha mareado mucho. Será mejor que no maneje más... ¿podrás hacerlo tú?

Miré el automóvil, era un automático. Sabía conducirlo sin problemas. Me bajé del auto, indicándole el asiento que dejaba:

—Claro. Pásese a este lado —le dije. La señora Fierro con dificultad se fue arrastrando entre los dos asientos. Su falda se atoró en el volante y para cuando logró moverse, ésta terminó arriba, dejando a la vista su ropa interior. Eran unas bragas hermosas, color plateado con encaje en los extremos.

—Se le subió el vestido —fue lo primero que le dije al colocarme en el lugar del conductor. Ella bajó su vista y me mostró su ropa interior. Sus piernas estaban bien torneadas y tenían, al igual que sus pechos, picarescas pecas.

—Sí, creo que sí —admitió, pero no bajó su vestido de inmediato. Se quedó mirando como si fuera un chiste—. Estoy estrenando un conjunto que compré. Es color plata.

—Bello… —balbuceé nervioso con mis dos manos en el volante.

—¿Quieres tocarlo? —preguntó como si fuera algo trivial. Mis ojos no podían dejar de ver esas encantadoras bragas plateadas. Sin pensarlo mucho, repuse:

—Sí…

Y coloqué mi mano derecha en su entrepierna. La sentí húmeda, jugosa. Ella dio un quejido lujurioso, disfrutándolo. Sus manos aferraron mi mano y recorrieron sus partes íntimas. Entrelazando nuestros dedos, metió la mía en su ropa interior, forzándome a buscar su sexo. Pronto mi dedo encontró su delicada grieta, que estaba nadando en líquido. Cuando lo metí, ella dio un grito de placer cerrando los ojos y lanzando su cara hacia atrás.

—¡Oh, Ray! Bésame… —masculló en éxtasis. No la hice esperar y llevé mis labios a los suyos. Fue un beso breve, inocente. Pero sirvió para que ella tomara el control y me llevara a la locura. Coloqué la otra mano en su busto y comencé a jugar con su pezón entre mis dedos.

—La amo… —declaré. Ella no contestó. Siguió dirigiendo mi boca y mis manos para que le diera más placer. Sin darme cuenta, estaba montado ya sobre ella con mis pantalones abajo.

—Hazlo… —indicó. Y fue así que le hice el amor por primera vez, en un pequeño automóvil compacto a mi maestra de pintura. Al terminar, manejé hasta su casa, donde me invitó a entrar tomándome de la mano y nos acostamos en su sofá. Pronto se quedó dormida en mis hombros. Yo tardé un poco, pues me sentía en un sueño, pero a la vez había un mal sabor de boca en mí. No por el sexo, que consideré maravilloso, sino porque antes de entrar a su casa volteé por un momento a la calle. Estaba seguro de que había visto de reojo la camioneta Aztek de los viejos estacionada en la acera de enfrente.

4

Al despertar, no había nadie a mi lado. Estaba en calzoncillos, en el sofá, tapado por una colcha de retazos floridos. Perduraba el olor de Claudia Fierro a mi lado y percibía el vapor caliente de su presencia, ella se había ido hacía poco. Escuché un ruido lejano, cubiertos o platos. Sonido que haces al estar en la cocina. Al levantarme busqué mi ropa que estaba esparcida a lo largo de toda la sala. Con prontitud me vestí, tomé los zapatos con mis manos para dirigirme a la cocina. Ahí estaba ella, sentada frente al antecomedor. Se había puesto una bata encima, cubierto el cuerpo desnudo que yo había disfrutado la noche anterior: no tenía ni una oportunidad de lograr atisbar de nuevo las pecas en sus hombros. Al verme, cerró los ojos y bajó la mirada. Supe que sintió pena al comprender lo sucedido. Se aferró a su taza de café humeante, tratando que ésta la salvara de la expiación por sus pecados.

—Buenos días —musité. Ella suspiró, sin poder volver a poner los ojos en mí.

—Creo que debes irte, Ray —fue lo que dijo. Su tono fue severo, sin la pasión o la dulzura que me había regalado mientras nos amábamos.

—Sí, creo que sí… —dije colocándome los zapatos. Mientras realizaba la faena pensaba las palabras correctas que debería decir. No quería irme de ahí sin externar lo mucho que lo había disfrutado, lo enamorado que estaba de ella—. La amo…

—Fue bello, Ray, pero terminó. No podremos volver a vernos ¿lo sabes, verdad? —explicó apenas regalándome un segundo de su mirada. Me encaminé a ella y la tomé de la mano. Fue cuando noté un par de lágrimas en su rostro.

—No quiero que se sienta culpable. Yo deseaba esto más que nada. Lo deseé siempre. Podríamos irnos a la ciudad… —comencé a explicar sin saber bien de lo que hablaba.

—¿Adónde, Ray? Yo podría ser tu madre —interrumpió, tratando de evitar que yo dijera más tonterías. No necesitó añadir más, lo entendí de inmediato. Moví mi cabeza afirmando y solté sus manos.

—La amo… —dije en un susurro y le robé un beso. No vi su reacción, pues me alejé de inmediato hacia la salida con pasos firmes. Partí de su casa y comencé a caminar más a prisa hacia la mía. De pronto, estaba ya en una carrera, como si huyera de todo lo que había sucedido esa noche.

Al llegar a casa me detuve en seco. La patrulla del jefe de policía estaba estacionada enfrente. Las ventanas abajo, como si acabara de llegar apresurado. Mi corazón saltó de terror. Pensé que una nueva muerte había acontecido en el pueblo, y esta vez había tocado directamente a mi familia. Sudando en frío abrí la puerta. Todos estaban en la sala: todos. Papá estaba recargado en la pared, mirando por la ventana. Mamá estaba en el sillón, apretando un pañuelo como si quisiera exprimirlo. A su lado, Mago, vestida con una gabardina rosa. Se había cortado el pelo y llevaba exceso de maquillaje, mas éste escurría en sus mejillas presa de las lágrimas. El jefe Arturo Argento estaba sentado en el sillón individual, con la gorra de béisbol en las manos, la pasaba de un lugar a otro, nervioso. Al abrir intempestivamente la puerta, todos voltearon a verme con cara de "faltabas tú".

—¿Mamá?, ¿papá? —logré pronunciar ante la sorpresa.

—Hemos encontrado a tu hermana, Ray —fue el jefe Argento el que dio la explicación, aunque resultaba obvio por la presencia de ella.

—No entiendo —tuve que admitir, dando pasos erráticos hasta ellos.

—Margarita estaba en la ciudad con su maestro de canto y baile, un tal Jacobo. La engatusó con que la volvería actriz y se la llevó —completó mi madre. Su voz tenía un timbre militar, había enojo y decepción en cada sílaba que pronunció.

—¡Yo lo amo! —gritó Mago en una rabieta.

—Silencio, señorita —ordenó papá de inmediato.

—Un amigo de la policía de allá la vio comprando víveres en una tienda, yo había enviado su foto a todas las oficinas. Por eso llegamos a ella. Hemos encarcelado al hombre porque Margarita es menor de edad, pero necesitamos que levanten cargos contra él —dijo tranquilo el jefe.

—¿Lo meterán varios años a la cárcel? —preguntó mi madre.

—Depende del juicio, por eso necesitamos sus declaraciones.

—No levantaremos cargos, Arturo. Gracias por traernos a nuestra hija… —pronuncio papá, extendiendo la mano hacia el policía como un gesto de agradecimiento. Ésta así se quedó, en el aire, pues a todos nos sorprendió su actitud.

—¿Estás loco? —gritó mamá.

—No quiero más escándalo —dijo mi padre.

—No te hagas la mosca muerta, mamá... ¿por qué no le dices a papá por qué nos peleamos? —contraatacó Margarita, levantándose y señalando a nuestra madre con el dedo. Sus palabras salían entrecortadas por el llanto, pero eran lágrimas cargadas de odio y rabia.

—¡Tú no puedes hablar ahora, señorita! —la enfrentó mi madre, agarrándole la mano para evitar ser señalada.

—¿Qué no puedo hablar? ¡Pues hazme callar!... Yo te vi entrando a la casa de este hombre —entonces, fue que volteó hacia el jefe Arturo. El policía dio un salto de sorpresa al ser señalado, se ruborizó—. No mientas, señora recatada. ¡Te estás acostando con él! ¡Yo te vi...! ¿Y así me quieres juzgar?, ¿después de que has engañado a papá todo este tiempo?

Un silencio incómodo llenó la sala de la casa. Yo volteaba de un lado a otro, tratando de leer las caras de todos los involucrados: mamá estaba blanca, pero con los ojos hechos dos fogatas. Su boca se abrió para maldecir, pero no soltó ruido alguno. Papá abrió sus ojos tanto, que parecía que casi se saldrían de su rostro. No hubo llanto, ni lágrimas. Sólo sorpresa. Arturo Argento se levantó cual resorte del asiento, levitando los brazos y murmurando algunas cosas apenas perceptibles, se alcanzaban a escuchar palabras como "fue ella", "no quería" o "lo siento".

Toda esa confusa situación terminó con una sonora cachetada de mi madre a Margarita. El golpe hizo girar la cara de mi hermana, y dejó marcados los dedos en su mejilla.

—¡Cállate! —fue lo único que logro decir mamá.

—Bien... Ahora pégame. Si te sientes mejor, hazlo... —respondió Margarita colocando su rostro de nuevo. Su mejilla empezó a inflarse como un globo, pues el anillo de mamá le había rasgado la piel. Lágrimas corrieron por ella, sin tapujos. Al ver que mamá empezó a llorar y se hizo a un lado, Margarita miró a mi padre para decirle—: Tú lo sabías, pero preferías ser ciego. Por eso me fui de aquí. Para no ver estas cosas...

Con gran dignidad se alejó a grandes pasos hacia su cuarto, como era su costumbre. Tras el portazo de su habitación, todos nos volvimos a mover después del *shock*. Arturo Argento se acercó a mi padre con la cara baja:

—Te lo íbamos a decir, Rey. Pero Margarita desapareció y preferimos callarlo. Deseábamos esperar a que esto se arreglara.

—¿Y ahora que ya está arreglado? —balbuceó papá, haciendo a un lado a Argento para confrontar a su esposa. Mamá tomó aire y limpió sus lágrimas con el pañuelo que arrugaba con la misma dignidad que había inculcado a Margarita. Por un parpadear, sentí que mi hermana y ella se fundían en una misma voz:

—Te voy a dejar, Rey. Lo siento, ya no te amo.

Han sido las palabras más duras que le he escuchado a mi madre. No sólo por su contenido, sino porque sonaron sólidas, como piedras arrojadas al agua. Papá la miró largo tiempo, sus puños se fueron cerrando. Pero así se quedaron, como dos mazos caídos en cada mano.

—Pues toma tus cosas y vete... Esta casa ya no es tuya —le respondió con amargura papá. Las lágrimas no aparecieron. Incluso, en sus ojos había un alivio por soltar todos los problemas que parecían desvanecerse al dejar ir a mi madre. Nunca comprendí bien qué sucedió en ese instante, pero podría asegurar que mi padre estaba esperando ese momento desde hacía mucho tiempo.

Mamá alzó la cara, limpió de nuevo sus lágrimas y huyó a la recámara. Escuché que comenzó a abrir cajones, colocando sus pertenencias en una maleta. Mientras Arturo Argento se fue deslizando hacia la salida, para decir antes de escapar por la puerta:

—Esperaré en el auto.

Al poco rato, mamá salió maleta en mano. Miró a mi padre que estaba parado a un lado de la ventana, con sus ojos perdidos en un lugar lejano de la casa. Luego, volteó hacia mí. Tomó mi cara y me plantó un beso en el cachete.

—Cuídalos, Ray —sólo eso me dijo. No me regaló ni un te quiero ni nada por el estilo. Entonces, salió de la casa dejándome con miles de preguntas y un hoyo en el estómago.

Caminé a la puerta, para verla subir a la patrulla, al lado del jefe de policía. El vehículo arrancó y se alejó de nuestro hogar. Cerré la puerta tras esa vista, pues comprendí que ahí no podría encontrar ninguna respuesta. Me acerqué a papá con lentitud, como un perro que teme ser golpeado.

—Mejor sube a tu cuarto y báñate… No llegaste a dormir hoy, jovencito —comentó papá sin conceder nada. Ni la vista ni la atención. Seguía perdido hacia algo que estaba afuera de la casa, algo que sabía no regresaría a su hogar nunca más. No quise molestarlo y me retiré lentamente, hui a mi cuarto. Antes de entrar, escuché el llanto de mi hermana Margarita en su recámara. Con cuidado, abrí su puerta, dejando apenas una rendija me encontré con la imagen de ella sentada en su cama. Miraba al frente como si estuviera en trance y lloraba desconsoladamente. En las manos tenía el retrato de su novio muerto, Aquiles. Cerré de nuevo la puerta pues no supe qué hacer. Deseaba ir a abrazarla, tratar de calmarla y decirle que todo había sido un mal sueño. Pero no podía, no ese día. Me encerré en mi mundo, en mi habitación, pensando qué haría con el resto de mi vida.

5

El entierro de papá fue dos días después de su deceso. No hubo llanto ni duelo. Estábamos agotados por todo el proceso de su descomposición física. Deseábamos terminar lo más pronto posible y darle un adiós pronto. Mago se encargó de hacer llamadas a vecinos y amigos. Siempre decía lo mismo, en un ritual que se volvió automático: saludaba, explicaba los motivos de la muerte e informaba la hora acordada en el panteón para así despedir al hombre que vivió toda su vida en este pueblo, Villa Sola. Estaba seguro de que sería un funeral muy concurrido. La mayoría de las personas lo respetaban y querían. Era una referencia local, un clásico. Cuando tuvo que vender su tienda hace unos años, muchos sintieron que la edad de oro de la ciudad había concluido. La compró un monopolio con ferreterías en más de trece países. Ahora los empleados eran muchachos uniformados en rojo y verde que te ayudaban a escoger tu martillo perfecto con una sonrisa en el rostro. Papá estaba cansado y enfermo para entonces. Le dolió deshacerse de su local. Fue el principio del fin: sin nada a que aferrarse, se fue deteriorando hasta morir.

La despedida religiosa fue oficiada por el padre Marco. El hombre apenas lograba mantenerse en pie. Se veía debilitado

y su abundante cabello estaba seco y gris. Un ojo tenía catara-
tas. Al leer la biblia, luchaba con su vista. Pero era importante
que fuera él quien despidiera a papá. Era su amigo, confesor
y compañero de cervezas cuando mamá se fue. Nunca pensé
que mi padre se encontraría con la fe en la personalidad del
reverendo Marco. Mago me narró que era común que se reu-
nieran para ver los campeonatos de pelota los domingos en la
tarde, después de los oficios en la iglesia. Papá asaba carne y
Mago se encargaba de preparar una ensalada. Sin duda terminamos siendo una extraña y disfuncional familia.

En el entierro estaba presente el portugués Valmonte,
que aunque había perdido su presencia musculosa de marino y se veía arrugado y decrépito, seguía imponiendo. A
su lado, su cantinero, el gemelo Leonel sobreviviente. No
podía faltar su vieja biblia bajo el brazo tatuado. También
me encontré con muchos amigos de mi padre a los que reconocí de cara pero no pude recordar de nombre. Gente que
le quería.

Cuando el ataúd desciende, Mago arroja una flor. No
llora. Está pálida detrás de unos lentes oscuros enormes. Yo
arrojo un puño de tierra. Adiós, Rey. Gracias por todo.

El grupo comienza a dispersarse, toma distintos caminos.
El padre Marco regresa a su silla de ruedas para ser transpor-
tado a su parroquia. Valmonte y Horacio Leonel se despiden
de mí con una ligera inclinación de cabeza, sin decir palabra.
No hicieron lo mismo ante Mago, como si se tratara de un
gesto masculino. Vecinos y amigos de mi padre ofrecen sus
condolencias, primero a mi hermana mayor, y luego a mí,
el hijo pródigo. Alguno deja escapar un comentario al aire
como "gusto en verte, Ray" o "te ves bien, Ray". Desconozco
el nombre de la mayoría. Mucho de lo que sucedió en el pue-

blo lo borré de mi mente. Sólo los hechos de aquel caluroso verano permanecen en mi memoria.

Se va quedando solo el cementerio. Mago no quiso hacer nada después del entierro. Cree que es una molestia alimentar a tanta gente y no está de humor para ser sociable. Agradezco su decisión, Yo siento lo mismo, con pocos ánimos de colocarme una careta de doliente. Además, habría en los próximos días mucho trabajo: vender la casa y planear su mudanza. Debíamos descansar y planear. Sobre todo, planear.

El anciano Arturo Argento se queda en la esquina del panteón bajo un árbol, escondiéndose entre sombras del resto de los asistentes. A su lado está Jane, su hija. Se ve pequeña. Una adolescente que acaba de dejar la casa. Es la imagen de mamá en pequeño, sin la rebeldía y lujuria que Mago desbordaba. Toda mesura y silencio. Es mi media hermana. Había nacido después de que mamá dejó a papá para irse a vivir con el jefe Argento, su única hija del segundo matrimonio. Cuando me enteré de que le pondrían de nombre Jane en honor a Jane Austen, quedé sorprendido. Fue una revelación saber que mamá era una lectora apasionada como yo. A mamá la había visto en su cuarto con algunos libros, pero nunca hablaba sobre ello. Quizá para no hacer sentir mal a papá, tachándolo de iletrado. A su modo sabía que lo amó y respetó, pero eran distintos.

—Lo siento mucho, Ray —dice la voz infantil de Jane acercándose a mí para darme un abrazo. Era extraño verla de frente, pues pocas veces hablábamos. Yo me fui de Villa Sola cuando ella nació, por lo que no hice relación con ella. Era una extraña en toda la extensión de la palabra.

—Gracias —respondo sincero. Fue lo mismo que le dije cuando murió mamá hace un par de años. Llegué al entierro, escuché los rezos en silencio y di el pésame para regresar a mi ciudad. Ésa había sido mi última visita a Villa Sola.

—Necesitaba decirte algo, Ray —expresa el viejo Argento aferrándose a mi mano. Lo miré extrañado. Su tono es formal. En su mano porta una rosa. Me lleva a su lado, nos aleja de la tumba de mi padre. Jane se queda platicando con Mago y los niños. Ellos tienen más relación pues viven en el mismo lugar. Creo que al final, tras la muerte de mi madre, se hicieron amigas.

Caminamos, el anciano se aferra a mi hombro, que le ayuda a dar pasos dudosos entre las criptas. Por fin llegamos adonde deseaba llevarme: la tumba de mamá. Es una plancha libre de adornos. Sólo posee el nombre labrado. Austera y fría, como lo fue ella en vida. Ahí coloca la rosa.

—Arturo… Jefe… Yo, quizá fui muy duro cuando se fue con mamá. En verdad deseo agradecerle que se hiciera cargo de ella. Sé que la amaba —comento con las lágrimas a punto de brotar y un nudo en el pecho. No soy bueno en estas situaciones.

—Gracias, chico. Se agradecen esas palabras —responde, incorporándose después de haber dejado la flor. Vuelve a darme la mano para seguir caminando—. Son importantes para un viejo como yo… Pero no me refería a eso cuando decía que quería hablar.

—¿Qué sucede?

—¿Recuerdas hace años, cuando fuiste a la oficina para decirme que esos viejos extranjeros eran los culpables de todo lo que estaba sucediendo en el pueblo? —rememora el anciano jefe de policía. Al decírmelo, recuerdo todos los hechos como si presenciara una cinta en cámara rápida.

—Sí, usted sospechaba que el asesino del señor Romero era el jorobado Isaías… Lo encarceló. Al poco tiempo él murió —expliqué. El viejo mueve su cabeza, afirmando que estoy en lo cierto.

—Estaba en un error —suelta de manera brutal.

—¿Perdón? —balbuceó.

—El alcalde, el licenciado Sierra, necesitaba un culpable y todo indicaba que era el judío… o gitano. Lo que fuese. La verdad ya no importa. Nadie lo quería por aquí, creo que su suerte estaba echada desde mucho tiempo atrás. Fue más fácil para todos así. Cuando murió en la cárcel, en verdad descansé porque había terminado con ese conflicto. Pero estaba equivocado. No fue el final —admite Argento mirándome a los ojos. Siento un escalofrío. No espero escuchar esa declaración. Balbuceo palabras tontas hasta que logro vocalizar:

—No comprendo.

—No fue Isaías el asesino de Romero. Encontré el arma asesina después, muchos días después. Era una llave de tuercas vieja. Estaba rota, tirada en la basura al lado de la casa. La mandé analizar y encontraron las huellas de quién lo hizo —explica volteando hacia donde Jane y Mago platican, asegurándose de que nadie escuche nuestra conversación.

—No puedo creerlo… ¿Por qué me lo dice ahora?

—Como te dije, alguien más debía saber la verdad. Ahora que todos están muertos y no afectamos a ninguno, puedo hablar libremente… Las huellas en la llave ensangrentada pertenecían a tu padre, hijo —dice con su gran mano sobre mi hombro. Siento un rayo por mi columna removiéndome todo el esqueleto. Sudor frío en el cuerpo, el aire se agota en mis pulmones. Es una puñalada en el estómago —Rey fue el asesino de Romero. Algún vecino lo vio llegar a su casa esa mañana para regresarle la llave rota. No sé bien qué sucedió, pero supongo que el loco Romero se puso violento y tu padre lo golpeó. Por eso te mandó ese día a llevar el encargo, pues así tú descubrirías el cuerpo, y él no sería sospechoso.

—No. Es imposible —logro mascullar. Me siento en una lápida para recobrarme de la impresión. El cielo y la tierra me dan vueltas. El viejo Argento se coloca a mi lado, me ofrece palmadas amigables como si quisiera convencerme de que todo es un mal sueño.

—Lo siento, Ray, es verdad. Fue un accidente. Conocí a tu padre, no pudo hacerlo con saña. Cuando me enteré, no supe qué hacer. Tu mamá acababa de mudarse conmigo. No podía llevar a Rey a la cárcel, pues todos creerían en el pueblo que yo había conducido alguna clase de *vendetta*. Además, amaba a tu madre y sé que algo así la hubiera hecho pedazos. No era una mujer tan dura como aparentaba. Ella, a su modo, seguía amando a tu padre. No podría permitirme hacerle tanto daño —aclara de manera contundente. De pronto entiendo muchas cosas, como si hubiera faltado una pieza del rompecabezas, y ahora la colocaba en su sitio correcto. Volteamos al unísono a ver la tumba de mi madre, seguros de que nos estaba escuchando. Bajo la voz:

—Usted era el jefe de policía...

—Sí, pero también era su pareja. Con el tiempo, fui su esposo y padre de nuestra hija. Era más de lo que ella podría haber soportado. Con la muerte de Isaías en la cárcel, se arregló todo. Fue sólo un golpe el que mató al viejo. Tú lo conocías, seguramente atacó a tu padre. Rey se defendió. Nadie iba a extrañar al hijo de puta de Romero. Era un completo desgraciado. No estoy diciendo que se merecía morir, pero no iba a llorarle.

Trato de levantarme, recuperado. Por alguna extraña razón, me siento aliviado y tranquilo. Alzo mi entrecejo y levanto mis labios, pensativo. Es duro, pero es verdad. Hay que aprender a vivir con ello.

—Es... impactante lo que me dice.

—Bueno, muchas cosas se hubieran arreglado si te hubiera hecho caso esa tarde, sobre esos viejos. Creo que ese pobre muchacho Aquiles no hubiera muerto ni hubieran sucedido las cosas que pasaron. Nuestro pueblo es una comunidad pequeña y vive en un frágil balance. Por eso, cualquier hecho externo puede desequilibrarlo todo. Algo como lo que hicieron esos extraños viejos...—continúa diciendo el anciano expolicía. Entonces el rayo eléctrico en la espalda vuelve a aparecer al escuchar sus palabras: está asegurando que los viejos estaban involucrados, que fueron una realidad y no parte de mis sueños, como lo he pensado estos últimos días.

—Usted me dijo que eran ideas locas. Y tenía razón. Hoy pienso que es absurdo que existieran dioses o deidades retiradas en nuestro pueblo. El solo hecho de pensar que existan es... inverosímil —trato de aferrarme a la cordura. Subo la voz en mi intento por tranquilizarme. Argento también intensifica su palmeo. Creo que fue buen padre, uno muy tranquilo y condescendiente, pues hace una buena labor conmigo.

—Bueno, chico, no te sientas mal. A veces hay que tener un poco de locura para creer esas cosas... —admite con una sonrisa. Pasa su mano por mi hombro, me abraza jovial y me lleva de regreso a paso lento hacia donde están nuestras mujeres—. Después de que te fuiste, no pude dejar de pensarlo. Sé que es absurdo, tal como tú lo dices, pero imagina que también sabía lo de la muerte de Romero. Así que comencé a hacerme preguntas. Lo primero que hice fue lanzarme a la biblioteca, a buscar ese libro de donde sacaste tus anotaciones.

—¿La enciclopedia de deidades y dioses de Joseph Red? —recuerdo el título como si ahora mismo lo tuviera en mis manos.

—Sí, me lo dio la maestra Sagrario. La anciana que llevaba la biblioteca desde años atrás. Lo leí varias veces, encontré los pasajes que tomaste y transcribiste en tus notas. Después, fui a preguntar por ahí. Para saber quiénes eran. Fue interesante encontrar que en verdad husmearon por el pueblo todo el tiempo que estuvieron aquí. Ellos motivaron peleas en el restaurante del viejo Valmonte y, al parecer, pagaron a un camionero para que robara un tractor de la estación. Eran como diablillos, haciendo maldades.

—¿Me está diciendo que hicieron más cosas de las que yo vi? —cuestiono sorprendido. Eso es una mayor revelación. No eran mis tontas e infantiles ideas. Estaba seguro de que hasta la noche de sexo con la señora Fierro había sido parte de ese juego. Sin duda, la ruptura de mis padres, también. Tal como explicó el viejo policía, que conocía a su pueblo, vivíamos en un frágil equilibrio. Para muchos, perfecto. Sólo faltaba que algo moviera la balanza para desequilibrarlo todo. Algo tan banal como el calor y un grupo de ancianos con ideas exóticas.

—Temo que sí. Creo que el principio de la carrera criminal de los gemelos Leonel comenzó con ellos, pues después de que te fuiste tuvieron su primer incidente delictivo. Desconozco qué les dijeron, pero los gemelos cambiaron. Mira, estoy seguro que ese par iban a terminar mal tarde o temprano, pero algo los motivó a ser peores. Fue un maldito verano de mierda. Mi gente y yo trabajamos el doble.

—¿Qué hizo?—pregunto interesado. Ahora soy yo el que volteo a ver a Jane y a Mago. No deseo que vengan a nosotros para interrumpirnos. Siguen ahí, platicando trivialidades.

—Después de que terminó mi período en la policía, tardé un tiempo en conseguir empleo. Tu madre estaba desesperada por tenerme en casa todo el día y creo que puedo ser un idiota si me lo propongo, así que me instó a que me dedicara a algo. Me puse a investigar sobre ellos. Primero como una simple duda, pero pronto descubrí que era una obsesión. Tal vez me sentía un poco culpable de que te hubieras ido de casa. De no haberte hecho caso. Así que pregunté con conocidos. Camioneros, policías de otros pueblos, hasta a un repartidor de DHL. Varios dijeron que los habían visto. La verdad, recibí versiones muy encontradas. Desde que eran parte de una banda criminal de poca monta, hasta que eran refugiados de una guerra étnica. Pero la que más me impresionó fue la que se trataba de profesores de una universidad que hacían investigaciones de campo... Algo de sociología. No sé bien... De esos experimentos en comunidades.

El viejo de pronto enmudece. Tuerce los labios entrecerrando los ojos, como si regresara la cinta de su memoria. Vivimos un minuto de quietud y silencio. Un pájaro lejano canta, haciéndole retomar su monólogo.

—Me puse a leer sobre el tema y encontré mucho material. Te digo que se volvió una obsesión para mí. Encontré lo que hicieron en la universidad de Stanford: crearon un ambiente de cárcel entre los estudiantes. Los que hacían de carceleros tomaron el rol hasta llegar a la violencia. Hubo heridos, y todo sólo por un experimento... ¿Has oído hablar del experimento de Milgram?

—La verdad, no.

—Lo hicieron en otra universidad, para observar cómo podían las autoridades influir a las personas para hacer cosas en contra de su moralidad. Cosas que son consideradas malas, pero que cuando una autoridad las aprobaba, los sujetos de prueba las realizaban ciegamente. Como lo que sucedió en Alemania en los campos de concentración, cuando los habitantes de pueblos cercanos a estos infiernos no le dieron importancia a lo que ocurría pues su gobierno lo aprobaba. Ese tipo de cosas que se hacen para saber lo locos que estamos todos los humanos. Al leerlo, quedé aterrado por esas cosas que hacían. Cosas malas.

—¿Profesores...?

—Eso dijeron. Intelectuales jugando a ser dioses —admitió con la cabeza y con un gesto de desagrado. Hay una luz en mi cabeza, como si todo lo hubiera leído en otro idioma. Con esas palabras del viejo jefe, mis ideas no parecen incoherentes. No eran dioses o deidades, sólo unos simples hijos de puta jugando a serlo.

—¿Sabe de qué universidad eran?, ¿recuerda sus nombres? —de inmediato necesito corroborar todo. Pero el rostro del jefe muestra decepción, baja la cabeza, luego frustrado me dice:

—No... En verdad, sólo comentaron eso. Investigué las placas que me diste y no estaban registradas. No hay nada sobre ellos. Como si nunca hubieran existido... Iba a continuar investigando, pero fue cuando tu madre me dijo que estaba embarazada. No podía jugar más al detective, necesitaba dinero real para comprar pañales. Opté por el trabajo que me ofrecían supervisando los camiones de transporte que recogían las calabazas. Ahí estuve por quince años, detrás de un escritorio. Olvidé todo, tu madre y tu hermana eran más importantes —explica. De nuevo quedamos en el mismo conflicto que cuando comenzamos: sin nada, ni siquiera bases coherentes para no autonombrarnos locos. Pero el viejo sonríe, como si hubiera esperanza para todos. Para mí, para

Mago, hasta para él y su hija con nombre de escritora, mi media hermana.

—Pero al menos, esa versión es más coherente que la tuya. ¿No crees?

—¿Debo escoger si eran deidades retiradas jugando con los humanos o un grupo de profesores universitarios experimentando con la psicosis colectiva?, ¿ésas son las opciones? —le pregunto con todo el revoltijo de ideas en mi cabeza como una gran batidora que da vueltas con teorías alocadas, imposibles de explicar.

—De que sucedió algo, sucedió. Nosotros lo atestiguamos y sobrevivimos, Ray. Lo hicimos —termina abrazándome. Emito un gran suspiro, admito:

—Creo que ya no importa, señor.

—Debería importarte. Tú buscas la verdad. Eres escritor, ¿no es así? —cuestiona caminando hacia las mujeres que nos esperan en nuestros respectivos automóviles. Me detengo para aclararle ese punto:

—No, señor. Busco historias, no la verdad. Son cosas diferentes. La literatura tiene que ser creíble, la vida real no lo es. Ésa es la diferencia entre ambas.

—Siempre fuiste demasiado inteligente para mí, Ray —se despide el viejo. Cierra un ojo como si ahora tuviéramos un pacto, algo más entre los dos que nos une. Un secreto que es nuestro y de nadie más. Algo íntimo. Me siento unido a ese viejo que dedicó sus años a cuidar a mi madre—. Gracias por lo que dijiste al principio. Es verdad: siempre amé a tu madre. Traté de hacerme cargo de ella, de que no le faltara nada.

—Se lo agradezco. Quizá no fui cercano a mi madre, y siento que la desilusioné cuando hui del pueblo con mi tío. Pero estoy seguro que murió feliz a su lado —le doy la mano, recibo un caluroso apretón de su parte. Sonreímos de manera tonta, como si fuéramos dos penosos niños que acaban de ser presentados.

—Como te dije, ya nada de eso importa pues todos están muertos. Pero deseaba que lo supieras, Ray. Eras el único que lo entendería.

—Creo que sirvió de mucho. No sé en qué forma, pero siento un peso menos en mí —admito. El viejo se siente complacido y me da una última palmada cariñosa.

—¿Necesitas algo, chico? ¿Rey dejó las cosas bien para tu hermana?

—Sí, al parecer la casa está a su nombre. Pero creo que ese lugar nos trae malos recuerdos. Pensamos venderla. Me voy a llevar a mi hermana para que viva en la ciudad. Un nuevo comienzo, los dos juntos. Me iré antes a buscar un lugar para que se mude con los niños. Será divertido —le explico nuestro plan. No es un gran plan, pero es el principio de algo. Deseamos estar lejos de todo esto. Y con lo que sé ahora, con más razón. Quiero dejar de pensar en Villa Sola y en ese verano caluroso. Merecemos una oportunidad más.

—Suena estupendo. Da gusto que se apoyen. Ella te necesita, Ray. Es como tu madre, frágil —explica entrando al automóvil de Jane, que lo espera detrás del volante. Antes de cerrarle la puerta, digo:

—Lo sé, señor Argento.

—Eres buen muchacho, Raymundo —repite el viejo, lo mismo que me dijo mi padre cuando estaba a punto de morir. No me gusta oírlo, pues ni yo mismo lo pienso.

—No lo creo, pero da gusto que lo piense.

—Siempre tan sesudo… Cuídate, chico. Y llámame si necesitas algo. Vamos, hija, despídete de tu hermano… —ordena bajando la ventana de su puerta. Jane se inclina, mostrándome una gran sonrisa. Se parece mucho a mamá.

—Nos vemos, Ray... —la voz infantil de nuevo.

—Adiós —me despido. El auto arranca, sale con lentitud del cementerio.

Volteo hacia Mago, que espera desesperada dentro del automóvil con sus dos niños inquietos. Creo que es la primera que desea dar vuelta a la hoja en su vida, tratar de borrar sus tonterías, como me dijo la hermosa señora Fierro años atrás. No la culpo por desearlo. Le ofrezco una amplia sonrisa y me introduzco en el auto, a su lado, alegre. Ella es mi hogar ahora. No importa adonde vayamos, pues no tiene que ser bello o interesante, sólo es hogar. Y es el mejor lugar.

—Ya era hora, Pigmeo —me reprende arrancando el motor.

6

Estaciono mi automóvil al lado del aparatoso anuncio de Totopos García, no muy distinto a como recuerdo lo hizo el auto fantasma de Aquiles esa noche de verano. Mas ahora me encuentro frente a un hermoso atardecer, de ésos donde el cielo se desvanece de azul pálido hasta rosado encendido, pincelando con toques de naranjas las alargadas nubes que flotan en el horizonte. Todo ese despliegue de colorido contrasta con el pardo de los maizales, quienes continúan su danza por el aire creando el murmullo tranquilizador que llena el vacío. Un par de cuervos cruzan el paisaje graznando alocadamente como si anunciaran el fin de nuestro mundo. Pero son aves exageradas y melodramáticas. Estoy seguro que mañana todos estaremos aquí y no habrá ningún cambio en nuestras absurdas vidas. Pienso que deberían dejar el Armagedón sólo para los libros de ciencia ficción, como los que escribo. En la vida real ya hay demasiados cataclismos.

Me despojo de los lentes oscuros, paso mis dedos entre mi cabello y rasco mi barba de tres días que empieza a dar comezón, me recargo en la defensa de mi automóvil con una cerveza fría en la mano. La lata la compré en una tienda de autoservicio después de salir de casa de mi padre y despedirme de Mago y de los niños. Será mi acompañante de viaje junto con una bolsa de Doritos. Ocasionalmente, comer ese tipo de alimentos resulta todo un lujo. Hoy me di ese gusto porque siento que lo merezco. De nuevo ser niño, sin responsabilidades. Regreso a mi trabajo mañana, pese a que parece infantil y muchos lo consideran inmaduro. Escribir historietas para mí es tan serio como el trabajo de un cirujano. Al menos, trato de ponerle el mismo profesionalismo. En el fondo, especulo que soy un simple narrador de historias, sin importar el medio donde éstas sean mostradas. Hoy, no soy ese tipo, sólo soy Ray Rey. El que regresó a su pueblo, Villa Sola, después de abandonarlo siendo un muchacho. Espero regresar a la ciudad con el mismo espíritu con el que me fui décadas atrás, con ganas de hacer cosas, lleno de hambre de éxito y ansia por realizar proyectos.

Bebo la cerveza. Es delicada, ligera. No deseaba tomar un elixir pesado que retumbara en mi estómago todo el camino, tan sólo un ligero néctar para despabilarme y que me arrancara una sonrisa. Me sabe a maravilla. Recuerdo el sabor de la que bebí con los viejos, en su campamento aquella noche que charlamos sobre rituales. Era un líquido amargo con un dejo de añejamiento, que supo a ancestral, como la que bebían los guerreros antes de lanzarse a las batallas, habiendo brindado a sus deidades pidiendo su suerte.

Observo el letrero de los totopos con detenimiento. Casi no ha cambiado desde aquel verano caluroso. Podría decir que es el mismo que vi siendo un muchacho. Más oxidado, claro. Con menos pintura, también. Fue aquí mismo, frente a este letrero, donde estaba parado cuando decidí huir de casa. Mismo lugar, otro tiempo. El que lo vivió, no es muy distinto al que soy ahora. Sin tantas arrugas y sin el corazón roto, pero con los mismos sueños.

Fue regresando de una ceremonia en honor a Aquiles. Habíamos ido los tres: papá, Margarita y yo. No dijimos nada en el camino. Escuchamos la homilía sin voltearnos a ver. Al retornar a casa, Mago se encerró en su cuarto como era su costumbre. Papá, en cambio, huyó a su ferretería, su guarida secreta. Yo me dediqué a guardar la ropa que sabía que necesitaría en una maleta. Entré al cuarto de mis padres, donde sólo había un lado de la cama sin tender. Del armario tomé una caja de zapatos que se escondía detrás de abrigos y chamarras. Ahí estaban los ahorros que juntaban para casos de emergencia. Supuse que éste era uno de ellos. Adentro de la caja había un fajo de billetes enrollados con una liga. Lo suficiente para poder sobrevivir varios días en la ciudad en caso de que mi tío no me aceptara en su departamento. Había decidido que no quería estar ahí, en casa; que el elefante que colocaron las cigüeñas en la familia de chimpancés debía buscar su manada de paquidermos, su lugar en la vida. Y sabía que eso no lo encontraría en Villa Sola.

Guardé el dinero en la maleta junto con varias latas de atún y un refresco grande. También coloqué tres de los tesoros de mi habitación que llevaría conmigo: el libro *Los tres mosqueteros*, de Alejandro Dumas; dos muñecos de plástico de la película *Star Wars*, mi preferidos: Chewbacca y Han Solo; y la fotografía que tenía con Margarita, donde nos abrazábamos. Sabía que no necesitaría más. Me encaminé a la puerta. Con una mirada rápida, me despedí de la casa. Un ladrido me detuvo de continuar con mi huida, era Elvis. Estaba frente a mí, moviendo la cola alocada y sacando la lengua en busca de un poco de juego. Bajé la cabeza para acariciarlo y pasé mi mano por detrás de su oreja. Era mi mejor amigo, al que más iba a extrañar.

—Lo siento, amigo. No puedes venir conmigo. Tienes que quedarte a cuidar a papá y a Mago... —le comenté a mi fiel perro. Sólo respondió con el movimiento rápido de su rabo. Supongo que no entendía de lo que hablaba, que ésas eran palabras de despedida—. Debes ser fuerte, Elvis. Tú eres el inteligente aquí, por eso debes estar con ellos. Para que no hagan tonterías.

Lanzó un ladrido, que tomé como un *sí*. Me levanté y salí de la casa, dejándolo atrás junto a todos mis recuerdos.

Suponía que se darían cuenta de mi ausencia en dos días. Las cosas en mi familia estaban extrañas y no sabrían que no estaba en mi cuarto por un tiempo porque nadie quería saber nada de los otros. Cuando eso sucediera, esperaba haber convencido a mi tío de que me dejara quedar en su sitio en la ciudad. Sería una labor difícil, pero estaba seguro de que lo lograría.

Caminé en silencio arrastrando mi maleta hasta la salida del pueblo, donde buscaría un camión de carga que lograra llevarme hasta el siguiente poblado para comprar un boleto de autobús hacia la ciudad. Era una tarde no muy distinta a la que ahora presenciaba, con colores rosas en las nubes y amplios cielos azules. Los atardeceres en Villa Sola podían arrancarse de un cromo. Se lucían por sí mismos. Debía admitir que había algo bello en el pueblo: esas espectaculares puestas de sol.

Terminé mi caminata hasta el anuncio de Totopos García y coloqué mi maleta a un lado de la carretera. Espere ahí varios minutos, viendo pasar a las aves que regresaban a sus nidos con la caída del sol. Me senté esperando al camionero o viajero que me sacaría de Villa Sola. Un reflejo lejano, al fondo del camino, me informó que un automóvil se acercaba.

Venía del pueblo, se dirigía a la carretera principal. Era un vehículo grande, tanto en volumen como en longitud. En un principio pensé que se trataba de un tráiler, pero al irse acercando descubrí el contorno de una camioneta que arrastraba una casa remolque. La reconocí, era la que usaban aquellos ancianos para dormir, la que mantuvieron estacionada en el lote al lado de la gasolinera. Ya no marchaba en un convoy, puesto que eran los últimos del grupo. Sólo quedaba la camioneta roja Aztek y su remolque plata retro con las calcomanías de lugares turísticos que habían visitado.

La camioneta fue descendiendo de velocidad hasta detenerse frente a mí. La sombra del letrero le obsequiaba una refrescante sombra. De la ventana lateral salió el calvo con una gorra con el logotipo de un águila bordada en dorado. Sonreía, arrugando todo su rostro de manera satisfecha. A su lado, en medio del asiento, estaba sentada la regordeta mujer oriental. Ella alzó la mano saludándome amablemente. Al otro extremo, en el asiento del piloto, con guantes de conductor en sus grandes manos, yacía el musculoso indígena con lentes oscuros. Como siempre, llevaba un simple chaleco adornado con motivos folklóricos que dejaba ver sus múltiples tatuajes.

—Hola, soldado —saludó el calvo abriendo la portezuela.

—¿Qué pasa, muchacho?, ¿deseas que alguien te lleve? —cuestionó el musculoso chofer levantándose sus lentes oscuros para verme de frente. Sus ojos tenían un brillo específico, de piedra de obsidiana ante la luz, como debieron centellear los cuchillos sagrados con los que se efectuaban los sacrificios.

—Buenas tardes. Todo bien —dije seco. No les tenía miedo ya, pero tampoco deseaba acercarme a ellos. Desconocía qué tanto era su poder sobre mí, y no deseaba ponerlos a prueba.

—No parece el muchacho bien, sin vida se ve —de inmediato señaló la mujer.

—Estoy bien, señora —la calmé, tratando de escucharme tranquilo y no como un loco que los creía una especie de divinidades encarnadas.

—¿Y eso, soldado?, ¿una maleta? ¿Adónde vas? —preguntó el calvo quitándose su gorra para rascarse la bola de billar que tenía como cabeza.

—A la ciudad, quizá… —comencé a balbucear, mirando a la carretera que llevaba a mi destino—. Tengo un tío allá. Seguro me recibirá.

—Hay que tener los huevos bien parados para dejar tu pueblo de esa manera. ¿Crees que con eso todo se arreglará, soldado? —profirió el antiguo militar sacando sus pies a la tierra, pero aún recargado en el asiento de la camioneta.

—No… No se arregla nada, pero puedo empezar allá. Ir a la universidad —respondí orgulloso. Traté de hacerles frente con dignidad.

—Claro, la universidad. El chico es listo. Merece lo mejor. ¿No creen, compadres? —expresó en tono sarcástico el indígena arreglándose su larga cola de caballo en la espalda. Ese sardónico comentario hizo que me enojara y sintiera que habían estado divirtiéndose a mis costillas. Me acerqué a su camioneta con porte pedante. Manos abajo, pero apretando los puños.

—Ustedes hicieron todo… Jugaron en mi hogar. Fue su culpa.

—No sé de qué hablas, muchacho —negó con la cabeza el hombre de los tatuajes. Hizo un extraño gesto que mostró sus dientes amarillos cual mazorca. Se colocó de nuevo sus lentes oscuros y volteó a la carretera, devolviendo sus desproporcionadas manos enguantadas al volante—: si deseas que te llevemos, sube. Con gusto te podremos hacer un lugar, pero que me caiga una maldición si sé de qué estás hablando.

—De lo que hicieron. Sé quiénes son. Lo leí en un libro. Los descubrí… —les dije tratando de que admitieran sus cobardías y que aceptaran su origen divino. Al menos, antes de que huyeran de la escena del crimen, que se quitaran la careta.

—¿De veras, chico? Interesante… ¡Vamos, ilumínanos con tu conocimiento y dinos quiénes somos! —retó divertido el calvo, pero con un gesto de maldad que heló mi sangre. El viejo pronunciaba en cada sílaba toda la mala leche que podía destilar. Me di cuenta de que no eran viejos inocentes, que poseían mucha historia detrás de esas arrugas.

—Son algo… No sé, como dioses. Deidades que ya no tienen lugar adónde ir pues el mundo no cree en ustedes. Juegan con la gente como si fuéramos sus peones. Tal como lo hicieron en la Ilíada o en la Odisea. Creen que el mundo se maneja así, que somos piezas de ajedrez. No les importa lo que suceda, pues para ustedes somos hormigas —expuse atrabancadamente. Lo tenía todo dentro de mí. Lo escupí como si vomitara algo que estaba pudriéndose en mi interior, como si estuviera desechando el veneno que ellos habían colocado en mi persona.

—¿Crees eso, soldado? —cuestionó el veterano compartiendo su sonrisa con sus amigos. Cada uno reaccionó con un gesto sarcástico único, a su manera, pero punzante.

—El chico es gracioso… —soltó la mujer moviendo la cabeza en negativa.

—Van en busca de un nuevo campo dónde jugar, un nuevo tablero para sus experimentos.

—Déjalo, compadre, está loco. Vámonos ya… —el calvo volvió a subirse a su asiento, y me cerró la puerta. El conductor de la larga cola de caballo me gruñó:

—¿Te subes con nosotros o no? Si en verdad dices que somos dioses, entonces somos más poderosos que cualquiera. Invencibles, podría decirse. Seríamos tus compañeros perfectos ¿no crees, chico?

No era mala opción. Si en verdad eran eso, me estaban invitando a subir a su Monte Olimpo, al universo vetado a los mortales. Era, en cierta manera, un elegido. Un ser tocado por la divinidad. Desconocía qué ventajas podría tener esa situación, pero era en contra de todo lo que yo creía. Con orgullo les respondí:

—Están tentándome. No caeré. Yo decido mi destino, no ustedes. No iré con ustedes, gracias.

El calvo bostezó, dio un par de golpecitos en la puerta de metal y dijo tranquilo, como un padre que ofrece consejos a un hijo que se va de casa:

—Es tu problema, chico. Mira, si dices que esto fue como la Odisea o como esas guerras antiguas, entonces ve y escríbelo. ¿Acaso no los dioses buscan que alguien cante sus sucesos?

Eran palabras sabias. Y sin duda tenían algo de profecía. Pero no cedería a los encantos de las promesas falsas que ofrecían. Todos los dioses siempre formulaban que eran ellos la salvación, que su adoración traería éxito y fortuna. Pero el mundo no cambiaba, pues ellos no podían dar nada de lo que insinuaban. Eran tan inútiles como los que los crearon, los mismos humanos.

—Yo decidiré si lo platico o no. No ustedes… Yo soy libre de cada decisión que tome desde ahora.

El indígena de los tatuajes arrancó el motor, haciendo una señal con los dedos para despedirse:

—Hora de partir, muchacho —completó mirándome a través de sus lentes oscuros—: no seas cretino…

Lo dijo como años después me lo diría mi editor: cretino. Esa extraña palabra que considero fuera de uso. Por eso, cuando mi amigo la soltó la primera vez, lo recordé perfectamente. Pues sabía quién lo había dicho: el anciano de los tatuajes.

—Cuídate —me pidió la mujer bajando los ojos como saludo.

—No te dejes matar… Duele, pregúntale a tu amigo —terminó el calvo ya cuando la camioneta partía hacia el camino. Vi pasar el remolque frente a mí, hasta que llegó la vieja placa dorada que decía "BeatlesLoveU" al lado de los faros traseros. Fue la última vista que tuve de ellos, su estúpida placa del grupo británico al lado de las calcomanías de sitios turísticos. Luego el remolque y la camioneta se fueron perdiendo en el horizonte hasta deformarse. Como si se ahogaran en agua por la resolana del sol.

Ahí me quedé, mirándolos partir. Igual que ahora observaba el camino perderse en la lejanía. Los recuerdos se desvanecieron con un nuevo trago a mi cerveza, que me refrescó la cabeza de ese pasado que durante tanto tiempo me persiguió cual fantasma. Ahora ya no había viejos ni ninguna casa remolque. Estábamos sólo mi futuro y yo. Alcé la vista al letrero que continuaba diciendo su poco ingeniosa frase: "… tan ricos que se antojan".

Me levanté de la defensa del automóvil. Terminé la cerveza e hice lo mismo que recordaba había hecho Aquiles: arrojarla con todas mis fuerzas contra el anuncio. La lata golpeó la lámina, haciéndola zumbar como una campana. Continuó vibrando por unos segundos. Me di cuenta en ese instante que cuando Aquiles lo hizo no hubo ruido. Ni uno solo. No supe si ese detalle querría decir algo. Tal vez que todo lo ocurrido aquella noche fue un sueño de un niño con mente excesivamente activa, y con más ganas de que las cosas irreales sucedieran, que verdadera inteligencia.

Nunca lo sabría. Y tal como mi padre me decía cuando el anciano Hidalgo Bing platicaba que peleó en la Segunda Guerra Mundial al lado del general Patton con la 25 de caballería, en Normandía, sabiendo que todo lo que Bing contaba era mentira: no importaba, pues para papá una buena historia tenía derecho a experimentar su propia vida sin necesidad de documentación. El teléfono celular vibra en mi pantalón. Lo saco de su prisión y contesto:

—¿Bueno?

—¿Qué tal el funeral?, ¿divertido? —dice una voz conocida del otro lado. Ya era cuestión de horas para que llamara mi editor para preguntar por mí, mi trabajo y mi cordura. Es su forma especial de decirme que está preocupado.

—Era un funeral, no seas cretino —le respondo con la misma palabra con la que me acosa. Una sonrisa vuelve en mí.

–Sólo fue una broma, Ray… ¿Qué pasa?, ¿vas a enviar más páginas del guion para que las dibuje Patricio? Estamos atorados. Quiero sacar el libro este verano. Lo sabes bien —de inmediato saca a colación el trabajo. Sé que hay mucha amistad y camaradería, pero en el fondo sólo le interesa su editorial.

—No.

—¿Perdón?

—No voy a terminarlo. No haré esa historia. Apenas son un par de páginas las que hizo Patricio. No creo que sea problema volver a empezar. Además, a ti nunca te gustó mi idea. Opinabas que era demasiado personal —expliqué retornando a mi automóvil. El sol casi ha desaparecido entre las nubes. Tan sólo permanecen un par de rayos que se escapan por los lados, tratando de no ser engullidos por el horizonte.

—¡Estás loco! ¡No puedes hacer eso! No es lo que acordamos... ¿Cuándo regresas? Hablaremos con más calma aquí. No tomes decisiones alocadas.

—Sí, estoy saliendo para allá. Si es necesario, podemos vernos en tu oficina mañana. Te tengo otro plan, uno que te encantará —propongo—. No es mala idea encontrarnos, es como retomar mi vida después de este intermedio, así podremos hablar sobre una idea que me ha rondado desde hace mucho. Es sobre un superhéroe que obtiene poderes por una pócima química, y hace actos heroicos para conquistar a una muchacha, no por que piense que deba hacer lo correcto. Algo más comercial que lo que tratábamos de hacer con mi antigua historia.

—Suena bien —afirma—. ¿Estás bien, cabeza hueca?, ¿necesitaré contratar a un loquero?, ¿debo preocuparme?

—No veo por qué. No eres mi padre, eres mi editor. Podrías dejar de tratarme como un niño —gruño arrancando el automóvil. Escucho una carcajada del otro lado de la línea. Me gusta cuando ríe. Estamos bien, todos estamos bien.

—Ray, eres un niño. ¿No lo sabías?

—Gracias por el apoyo. En verdad eres maravilloso —escupo sin odio, con alegría de tener a un idiota igual a mí como amigo. Un colega ordinario no es difícil de encontrar en la vida, pero un amigo compatible con tu forma de ser es pieza única.

—Lo hago porque te estimo, cretino... Cre-ti-no... Siempre lo serás —molesta.

—Nos vemos mañana —le corto para poder partir ya.

—Espera —pide antes de que cuelgue. Completa con emoción—: te tengo noticias. Metieron a la cárcel al novio de Carolina, el escritor Omar Sidi. Un problema de posesión de drogas. Quizá podrás reconquistarla.

—Ya tengo otros planes.

—¿Hay otra mujer en tu vida? —cuestiona intrigado.

—Sí, una muy bella. La mejor... —quiero platicarle de Mago, mi hermana. Pero ya la conocerá.

—Platicamos mañana, cretino —cuelga sin regalarme un adiós. Nunca lo hace.

Apago el teléfono y lo coloco sobre el asiento, junto a mí. Vuelvo a mirar los últimos rasgos del sol en el atardecer. Ya ha sucumbido, perdiéndose de mi vista. Un manto oscuro comienza a cubrir el paisaje del maizal, trayendo consigo sonidos y olores nuevos. Es la noche que está apareciendo en el estrado. Es entre esas luces grises cuando veo las plantas de maíz moverse a un lado. Se abren en dos, dejando salir una cabeza rojiza de orejas blancas de suave pelambre. Es la zorra. Su nariz husmea el aire y después de observar todo el claro, posa su mirada en el automóvil. Estoy seguro de que es la misma zorra con la que me encontré de niño, cosa que es imposible. Y aunque no puedo explicarlo, lo aseguro. No podría olvidar al exótico animal que, descubrí, servía de mensajero de los dioses, tal como lo explicaba el libro sobre deidades.

La zorra se deja descubrir, mostrando su cuerpo. Su cola juguetea en el aire, como si fuera un plumero. La mirada negra no se aparta de mí. Nerviosa, da algunos saltos y queda a sólo unos metros de donde estoy. Alza la cabeza, mirando hacia el otro lado. Al parecer ha escuchado un ruido que la excita, mas yo no he distinguido nada más que el murmullo del maizal. La cola se agita intranquila. De un salto, regresa al sembradío, perdiéndose entre las hojas pardas.

Trato de encontrarla entre los tallos de las plantas, pero no hay rastro de ella. Seguro está metida en lo profundo, buscando alguna presa que le sirva de cena. Arranco el automóvil y lo dirijo a la carretera que se pierde hacia la oscuridad de la noche. Había que dejar de nuevo Villa Sola.

ADIÓS A VILLA SOLA

Sin querer, y tal vez queriendo en exceso, este libro es mi obra más personal. Crecí en un lugar así, como el que describo, un punto más en la carretera. Todos los pueblos son iguales y contienen sueños de algunos de sus habitantes que desean partir, descubrir esa vida que existe más allá del último letrero de la localidad. No sé qué tanto hay de los personajes en mi realidad. En algunos aspectos, mucho. En otros, nada. No importa, recuerden lo que dice el buen Ray: una buena historia tiene derecho de vivir su propia vida sin necesidad de documentación.

Quiero agradecer a muchas personas que se necesitaron para hacer este libro que ahora lees. Su proceso fue de casi veinte años y cada suceso resultó importante. Originalmente esta historia sería publicada a manera de cómic en la editorial Image Comics después de terminar mi serie *Alternation*. El artista elegido era el talentoso Patricio Betteo, quien hizo las páginas que ahora conoces. Recuerdo que las vio Mike Mignola (creador de Hellboy) y me dijo que eran lo más bello que había visto. Estoy de acuerdo con él.

Pero la vida da vueltas y yo terminé en Puerto Vallarta escribiendo novelas de detectives, mientras que Pato se convirtió en el más importante ilustrador de México. Le agradezco ser mi primer cómplice en esta aventura. Sin su ayuda, nunca hubiera nacido. Gracias por su hermoso arte, gracias por la amistad.

Muchos años después, ya con un pie en el mundo de la literatura, decidí regresar a Villa Sola, retomar esa narración que me seguía rondando. Mas encontré que había cambiado, ahora yo estaba casado y tenía una maravillosa hija. Por eso apareció la segunda parte del libro, vista desde el Ray maduro que reflexiona sobre la razón del tiempo. Para eso necesitaba a mis dos mujeres, Lillyan y Arantza, a quienes agradezco. Y también mucha ayuda de amigos que alimentaron mi prosa con su influencia: gracias a Tony Sandoval por la zorra y los campos abiertos; a Pepe Rojo por Campbell; a Raquel Castro y Alberto Chimal por las porras; y a Bernardo Esquinca por el amor a lo extraño. (¿Notaron que Ray Rey es un doble tributo a Ray Bradbury y a Stephen King?)

El libro terminado dio vueltas por años. Ganó el reconocimiento más importante de novela que se otorga en México, el Premio Bellas Artes de Novela José Rubén Romero. Agradezco a los jueces por confiar en una obra *new weird*. Aun con ese galardón costó trabajo encontrarle casa. Tal como lo dice su género, era "insólita". Por ello agradezco a Rogelio Villarreal Cueva, Pablo Martínez Lozada y Sandra Sepúlveda por su cariño y trabajo en el libro para que fuera parte de Editorial Océano; a Rosie Martínez y Marilú Ortega por todo el empuje; pero sobre todo a Bernat Fiol, mi agente, que siempre ha confiado en mis letras.

Desde luego que hay pasajes que son inquietantemente similares a mi realidad. Pero también a la que creé en mis sueños de niño en un pueblo perdido. Hoy, ambas se confunden, se mezclan como cuando agregas leche al café para obtener un nuevo elixir. Es lo que llamamos ficción. Por eso, muchas gracias a ti, lector, por mantener viva la imaginación.

FGH

Esta obra se imprimió y encuadernó
en el mes de diciembre de 2018, en los talleres
de Impregráfica Digital, S.A. de C.V.
Av. Coyoacán 100-D, Col. Del Valle Norte,
C.P. 03103, Benito Juárez, Ciudad de México.